BLACKWELL'S GERMAN TEXTS

General Editor:

JAMES BOYD

Emeritus Professor in the University of Oxford;
Emeritus Fellow of The Queen's College, Oxford

BLACKWELL'S GERMAN TEXTS

General Editor: JAMES BOYD

GERHART HAUPTMANN

Bahnwärter Thiel

and

Fasching

Edited by

S. D. STIRK

Professor of German in the University of Manitoba, Winnipeg

BASIL BLACKWELL · OXFORD

1968

© *Basil Blackwell & Mott, Ltd., 1961*

First printed in 1952
Eighth impression, 1968
631 01540 x

Printed in Great Britain by Alden & Mowbray Ltd
at the Alden Press Oxford
and bound at the Kemp Hall Bindery

TABLE OF CONTENTS

PREFACE

Bahnwärter Thiel and *Fasching* are well worth reading for their own sakes, and are calculated to hold the interest of all students of German—young and old, advanced and not so advanced. It is hoped, therefore, that this edition will find a general welcome. But it is intended primarily for those students who have just left the stage of grammar books and readers, and who are now beginning the serious study of modern German literature. These two 'Novellen' provide a convenient and profitable prose introduction to the works of Gerhart Hauptmann, and to the literary movement of Naturalism.

The thorough study of a few really great writers, and of a limited number of their works—complete and not tampered with—should form the backbone of any course on literary history. Otherwise, the 'outline' and 'background' knowledge gained from lectures, and from reading books about books, is left without a firm foundation, and the progress achieved in mastering the literary language is disappointing. Anthologies of German literature are useful up to a point; but the 'text' or the 'set-book' is more essential and more valuable than 'snippets'.

With such aims and principles in mind, this edition has been carefully prepared. The Vocabulary is not complete; but an attempt has been made to include all words over and above those listed by Professors Wadepuhl and Morgan in their valuable and widely-used *Minimum Standard German Vocabulary* (Crofts, New York, 1946). Students who find that my Vocabulary does not give them the more simple words (which by this time they really ought to know and should try to learn as soon as possible) are advised to keep the *Minimum Standard German Vocabulary* (or a good dictionary) always ready to hand. Particular attention has been paid in the Vocabulary to irregular and separable verbs, which often make life difficult for students who are just starting out on the sea of modern German literature. The Notes are intended mainly for those students who are compelled to work alone, or whose teachers are fighting against time.

The Introduction does not attempt anything like a complete summary of the stories or a detailed analysis of the action and the characters. Its main purpose is to help students to interpret these stories (*a*) as independent works of literature, and (*b*) as representative and significant works in the early development of Gerhart Hauptmann and the preparatory stages of the Naturalist movement. Difficult German words in the Introduction will be found in the Vocabulary. The Introduction should be studied in conjunction with the Questions and Exercises.

My thanks are due first and foremost to Frau Margarete Hauptmann, who readily gave permission for this edition; thus adding to the many kind favours I have received from this gracious lady. I also wish to thank my German friends, F. A. Voigt, C. F. W. Behl, W. Studt, and W. Requardt, who for many years have helped me so much in my Hauptmann studies. My wife, a true Silesian, gave me help and encouragement as always.

This edition is dedicated to Alfred Bieneck, the 'Bahnwärter' with whom I spent many happy hours from 1931 to 1939 in Wäldchen, a hamlet near Gottesberg (die höchste Stadt Preussens), on the main line from Breslau to Hirschberg and Berlin. He is now a 'displaced person'—uprooted and disconsolate—in the British zone of Germany. He will never forget his beloved Silesia. Nor shall I.

S. D. STIRK, M.A. (Oxford), Dr.phil. (Breslau).

INTRODUCTION

Four great writers stand out in German literature from about 1890 to the Second World War: Gerhart Hauptmann (1862–1946), Thomas Mann (1875–), Rilke (1875–1926), and Stefan George (1868–1934). It is futile to try to place them in order of merit, and in particular to argue the rival claims of Gerhart Hauptmann and Thomas Mann. Suffice it to say that Hauptmann was unquestionably the greatest German dramatist of his day, and one of the most important figures in German and world literature.

Gerhart Hauptmann was a 'Dichter' by the grace of God; endowed with diverse and in many ways unique literary gifts. He is best known as a dramatist; but his novel *Der Narr in Christo Emanuel Quint* (1911) is worthy to stand alongside Thomas Mann's *Buddenbrooks* (1901) and *Der Zauberberg* (1924); and literary historians are at last beginning to realize that he was also a lyric and epic poet. There is no widespread appreciation as yet of Hauptmann's growth and development, and of the overwhelming variety and immensity of his literary achievement. It is still quite common to concentrate attention on his early Naturalist dramas. This suggests a knowledge of Hauptmann's works which does not go far beyond his most famous play *Die Weber* (first published in 1892). Such treatment ignores or minimizes (among other things) the Romanticism and Symbolism of such plays as *Hanneles Himmelfahrt* (1893), *Die versunkene Glocke* (1896), *Und Pippa tanzt* (1906); the mysticism of *Quint*; the Dionysian paganism of *Der Ketzer von Soana* (1918)—Hauptmann's best 'Novelle'; the Germanic mythology of the drama *Veland* (1925); the irrationalism of the weird story *Das Meerwunder* (1931); the fantastic dream-world of the long epic *Der Grosse Traum* (1942); or the agonized Hellenism of the 'Iphigenie' cycle of plays (1941–4).

For over six decades Hauptmann never ceased creating. The final, authorized edition of his completed works (*die Ausgabe letzter Hand*), published on the occasion of his eightieth birthday in 1942, runs to seventeen volumes and over 9,500 pages of text. This edition includes forty dramas, and about twenty novels, stories, and long epic poems, in addition to numerous lyrical poems, autobiographical works, essays, and speeches. Hauptmann became suddenly famous when his play *Vor Sonnenaufgang* was performed in Berlin on October 20, 1889. Since that date his plays have been more prominent in German theatres than those of any other dramatist. Many of his dramas, e.g. *Die Weber* (1892), which deals with the 'revol' of the Silesian weavers in 1844, and *Florian Geyer* (1896), a play about the Reformation and the Peasants' Revolt in 1525, have been several times revived, until they have become part of the German national consciousness. Almost two million copies of Hauptmann's works have been sold in Germany alone; a huge figure, in view of the fact that so many of them are dramas. Next to the Bible, Shakespeare, Cervantes, and Goethe, Hauptmann's works have been more often translated into other languages than those of any other writer. Translations exist in over thirty languages, and his plays have been performed all over Europe, in many countries of the American continent, and in Russia and Japan.

Hauptmann was a great and typical Silesian, deeply rooted in his province, and proud that it should be so. Many of his works deal with Silesian life in an inimitable way. But he was more than a 'Heimatdichter', or regional writer. His works cover many parts of Germany, and the main periods of German history from earliest times to his own day. Some of them are set in North Italy, others in ancient and modern Greece, in the South America of the Incas, and in dream-islands in the Pacific. Hauptmann's 'region', therefore, is not only Silesia, but Germany, Europe, and the world. Particularly in his later works, Hauptmann tried, in a series of baffling and sometimes terrible 'cosmic' visions, to probe the secret foundations of the universe, and to penetrate to the well-springs of life itself, wrestling untiringly with the fundamental problems of good and evil, fate, love, and death.

In 1905, the University of Oxford gave him an honorary doctorate. In 1912, he was awarded the Nobel Prize for Literature. His sixtieth birthday in 1922 was celebrated by official gatherings and by the performance of his plays all over Germany: never before had a writer received such publicity and such great honours during his lifetime. In 1932, Columbia University invited him to New York, to give an address in commemoration of the hundredth anniversary of the death of Goethe.

Hauptmann has been attacked for not declaring openly his

opposition to the Nazis, and for not going into exile—like Thomas Mann, who first went to Switzerland, and then to the United States, where he became an American citizen. But in 1933 Hauptmann was over seventy; fortunately or unfortunately he was fundamentally non-political; and he was so essentially German that it is indeed difficult to think of him living the life of an emigré. Like many Germans, he was torn between his detestation of the Nazis and his loyalty to Germany.

In February 1945, Hauptmann and Frau Margarete fled from their wonderful home in Agnetendorf, a village in the Giant Mountains (das Riesengebirge), which divide Silesia from Czechoslovakia. Unhappily, they were caught in the big air raid on Dresden of February 14; the shock of this terrible experience and a severe attack of pneumonia brought on a paralysis from which Hauptmann never really recovered. He died at Agnetendorf on June 6, 1946, at the age of eighty-three. On July 28 he was buried on the small island of Hiddensee, just off the island of Rügen in the Baltic Sea, where he had spent so many happy and productive summers.

BRIEF CHRONICLE OF HAUPTMANN'S LIFE, 1862–85

Gerhart Hauptmann was born on November 15, 1862, in Obersalzbrunn, a small health resort and watering place about forty miles south-east of Breslau, the chief city of the province of Silesia.[1] His ancestors had lived in this part of Silesia since before 1600, and many of them, including his paternal grandfather, had been weavers. His father was the not very successful landlord of the Hotel 'Zur preussischen Krone' in Obersalzbrunn. Hauptmann's experiences as a child in the hotel and the local school, his close association with the hotel servants, draymen, peasants, weavers, and miners of the district provided him with rich material for his writings.

---

[1] Silesia lies, or used to lie, in the south-east corner of Germany, between Poland and Czechoslovakia, and is part of the territory which in accordance with the ill-fated Potsdam Agreement between the three great victorious powers (England, the United States, and Russia) of August 2, 1945, was placed under Polish 'administration', pending a final settlement in the peace treaties. The Poles interpreted the word 'administration' to mean that they could drive out practically all the Germans, substitute Polish for German place-names (Breslau is now 'Wroclaw', and Agnetendorf 'Jagniatkow'), and 'Polonize' the whole area. All this the Poles could do; but it will never be possible for them to destroy—to explain away—the hundreds of Silesian characters created by Gerhart Hauptmann, the greatest of many great names in the history of Silesian literature since the seventeenth century.

Hauptmann's youth and early manhood were not very happy, above all because it took him so long to find himself and his real vocation in life. During the four years he spent at a classical high school (Gymnasium) in Breslau, he made rather disappointing progress, and acquired in the main a lasting aversion to book-learning and orthodox education. From May 1878 to September 1879 he worked as a farm pupil on the farm of his uncle and aunt; but it was soon clear that he would not make a good farmer. In October 1880 he entered the Breslau Art Academy (Kunstschule), with the idea of becoming a sculptor; but in January 1881 he was expelled 'for bad behaviour and inadequate industry' (wegen schlechten Betragens und unzureichenden Fleisses); and it was only through the good offices of one of the professors, who had been impressed by Hauptmann's literary gifts, that he was readmitted in March. Fortunately the good angel and guiding star of Hauptmann's early struggles was soon to appear. In September 1881 his eldest brother Georg married Adele Thienemann, the eldest daughter of a prosperous Dresden merchant, who had died in 1879. His brother Carl had become engaged to her sister Martha in the spring of 1881. And soon after Georg's wedding Gerhart (at the time only eighteen) became secretly engaged to Marie, the third of the rich and orphaned sisters. In *Das Abenteuer meiner Jugend* (1937), the excellent and detailed story of the first twenty-seven years of his life, Hauptmann describes how Marie visited him in Breslau early in 1882, and how she impulsively gave him a purse of gold (II, 141). 'Dass zwischen ihr und mir fortan (from now on) Gütergemeinschaft (community of goods) bestehen sollte, hatte Marie deutlich genug durch das goldene Geschenk erklärt. Mein Bildungsgang (education) war damit gesichert' (II, 145). In November 1882, he joined his brother Carl at the University of Jena; but he only spent one semester there; and in October 1883, we find him in a studio in Rome—once again devoted to sculpture. Marie arrived in Rome in January 1884; and when he was taken seriously ill with typhoid fever a few weeks later, she nursed him, and took him back home to Dresden. In November 1884, he became a student at the University of Berlin; he apparently heard a fair number of lectures; but he was more interested in concerts and the theatre; and for a time he took lessons from a retired theatre-director—with the idea of becoming an actor. He married Marie Thienemann in Dresden on May 5, 1885. At first they lived in an apartment in the heart of Berlin. In September 1885, they moved to Erkner, at that time little more than a village to the south-east of Berlin; here they stayed till September 1889.

LITERARY BEGINNINGS: VERSE DRAMAS AND BYRONIC POETRY

Two features dominate Hauptmann's literary beginnings till 1887: firstly, his numerous attempts to write verse dramas, dealing with historical and mainly Germanic themes; and secondly, his considerable output of 'Romantic' and 'Byronic' poetry. Some accounts of Hauptmann's life and work give the impression that at the age of twenty-seven he quite suddenly blossomed forth with a full-scale and successful drama *Vor Sonnenaufgang* (1889); and little or no attention is paid to the long and wearisome apprenticeship to literature which preceded that remarkable achievement. A recent discovery has made certain that Hauptmann began to write poetry at the age of twelve. Soon after his engagement to Marie, he gave her a Poetry Album, in which he had carefully written out eighteen lyric poems, four dramatic fragments, and an epic fragment, covering the period from 1875 to 1881. After the death of Marie in 1914, this 'Poesie-Album' passed to her eldest son, Ivo Hauptmann, who in 1948 allowed Dr. Wilhelm Studt, of Hamburg, a faithful and thorough Hauptmann scholar, to report on its contents. As a schoolboy in Breslau, Hauptmann saw Shakespeare's *Julius Caesar* and Schiller's *Wilhelm Tell* performed by the famous 'Meininger' court theatre players (October and November 1876); and a year later Shakespeare's *Macbeth* and Kleist's *Hermannsschlacht*. In *Das Abenteuer meiner Jugend* (I, 280), he describes the great and lasting impression these masterpieces of the drama made upon him. Towards the end of 1879 he began to write a verse drama called *Frithiofs Brautwerbung*, based on a Norse saga. In the summer of 1880 he was hard at work on a drama about the sad fate of King Konradin (1252–68), the last of the Hohenstaufen dynasty. Later in the same year (1880), Felix Dahn's popular novel, *Ein Kampf um Rom* (1876), inspired him to attempt a drama, *Athalarich*. The longest fragment preserved in the Poetry Album is the *Hermannslied*, which Hauptmann began early in 1880; he planned twelve cantos (Gesänge), but only wrote one and a half, or about 1,000 lines. It was his reading of the *Hermannslied* to a group of professors and students at the Breslau Art Academy in February 1881, which more than anything else secured his reinstatement (see p. xii above). Its theme was the victory of Hermann (or Arminius), the chieftain of the Germanic tribe of the Cherusci, over Quintilius Varus and the Roman legions at the battle of the 'Teutoburger Wald' in A.D. 9. The exuberant nationalism in Germany after the Franco-German War of 1870–71 made 'Hermann der Cherusker' into a national hero, and in 1875 a huge statue in his honour was unveiled near the supposed scene of the battle. One reason why Hauptmann did not continue his epic was that the material began to take dramatic shape; and the result was his first completed (but still unprinted) drama, *Germanen und Römer*, which he began towards the end of 1881 and finished in the summer of the following year. In September 1884 Hauptmann finished a drama about the tyrant Tiberius, Roman Emperor from A.D. 14 to 37, in whom he had become interested during a visit to the island of Capri in 1883. In October 1884 he optimistically sent the manuscript to the Director of the 'Deutsches Theater' in Berlin, who promptly returned it; early in 1885 he sent it to the 'Hoftheater' in Oldenburg, where it was lost. *Tiberius* was his last attempt at a drama before *Vor Sonnenaufgang*.

Lectures and discussions at Jena, where he spent the winter semester 1882–3, made Hauptmann long to go to Greece. So in April 1883 he left Hamburg on a cargo vessel, which took him to Malaga in Spain, and Marseilles in France; from Marseilles he went overland to Genoa, where he met his brother Carl; the two brothers then went on to Florence, Rome, Naples, Pompeii, and the island of Capri. Hauptmann did not set foot on Greek soil till the spring of 1907, when he made the pilgrimage described in his sadly neglected travel-diary, *Griechischer Frühling* (1907). The main literary fruit of this Italian journey was his long epic poem, *Promethidenlos*, which he wrote in the winter of 1884–5, and published at his own (or Marie's) expense. Soon after its appearance, in the summer of 1885, he had it withdrawn from the book trade. Hauptmann's friend, the literary critic, Paul Schlenther, wrote in his Hauptmann biography (first published in 1897; 1922 edition, p. 24) that it was unfair to reproach Hauptmann with the obvious shortcomings of *Promethidenlos*, in view of the author's own destructive criticism, expressed by this withdrawal. The nationalist and anti-semitic literary historian Adolf Bartels was much less considerate in the long analysis of *Promethidenlos* which he included in his Hauptmann biography (first published in 1897; second edition, 1906, p. 11 ff.): 'Es ist ein fürchterlich unreifes Werk'—but at the same time pretentious (anspruchsvoll). The hero, Selin, is Hauptmann himself. In the first canto he sails from Hamburg, where (as in actual fact) his father sees him off; he rails against the false and crippling education he had received at school; and even more significant, he bemoans his inability to choose between sculpture and writing—symbolized by 'die Frau mit Stein und Meissel' (chisel) and 'die Frau mit Kranz und Leier' (laurel wreath and lyre). In the second canto, young Selin-Hauptmann expresses in no uncertain terms his poetic ambitions:

> Ein Dichter sein mit Strahlenkranz und Krone,
> bei dessen Tönen lauscht die ganze Welt,
> sein Sessel schwergeballte Wolkenthrone,
> am Firmamente leuchtend aufgestellt,
> in seiner Brust die Sprache jeder Zone,
> von dessen Leier Blitz und Donner fällt.

In Canto IV he is appalled by the prostitution in Malaga; the misery in Naples (Canto VIII) makes him even more unhappy; in Capri (Canto X) he listens to very conventional nightingales, and mysteriously encounters the ghost of Tiberius (who was buried on this island). Suddenly, in Canto XII, Hauptmann dissociates himself from his hero, and addresses him as 'a boy gone astray' (irrer Knabe). After extensive lamentations about his hopes and discontents, Selin smashes his lyre on a rock, and presumably seeks death in the sea. The poem ends with the apologetic yet truthful statement:

> Schlecht, könnt ihr sagen, waren seine Waffen, _weapons_
> Doch war sein Mut und seine Liebe gross.

Hauptmann and 'die Jüngstdeutschen'

In the Hauptmann biography already quoted, Adolf Bartels rightly stressed that *Promethidenlos* has great biographical value (diese unzweifelhaft poetische Jugendsünde ist ein biographisches Dokument allerersten Ranges), and even more that it is typical of the 'Youngest Germans' (der radikale Idealismus der Jugend der 80er Jahre steht in der Tat darin). In *Das Abenteuer meiner Jugend*, Hauptmann recalls how he suddenly realized in Erkner that there were other young writers with ideas and feelings very similar to his own (II, 400). He draws special attention to the anthology *Moderne Dichtercharaktere*, edited by Wilhelm Arent and published in 1885. 'Ich fühlte sofort, sie war Fleisch von meinem Fleisch, Geist von meinem Geiste. . . . Hier war meine wesentlich gleichaltrige geistige und dichterische Generation. Neben jedes dieser Gedichte konnte ich ein eigenes stellen von derselben Art. Eine Synthese der Anthologie war mein Promethidenlos' (II, 406).

'Das Jüngste Deutschland' is the collective name for certain groups of young writers who began to make themselves heard in the early eighties. It was out of this literary movement—if one can call it a movement—that Naturalism in Germany mainly grew; and Naturalism cannot be properly understood and interpreted if this essential prelude is not taken into account. The name was obviously coined with reference to 'Das Junge Deutschland' (Heine, Börne, Laube, Gutzkow, Wienbarg, etc.) —the literary movement of the 'thirties which paved the way for Realism. Like the 'Sturm und Drang' of the 'seventies of the eighteenth century, the leading spirits were young writers imbued with a sense of revolt. Most of the 'Jüngstdeutschen' were born about 1860. The anthology edited by Wilhelm Arent included poems by Heinrich Hart (born 1855), his brother Julius (1859), Karl Bleibtreu (1859), Herman Conradi (1862), Arno Holz (1863), Karl Henckell (1864), and Otto Erich Hartleben (1864). The main centres of the movement were Berlin and München. After 1871, Berlin grew very rapidly, and it naturally attracted an increasing number of young men, eager to make their way in life. Hauptmann was expressing very accurately the feelings of his contemporaries in the 'eighties, when he wrote in *Das Abenteuer meiner Jugend*: 'Weshalb hatte ich mich für Berlin entschieden? Aus einer schicksalhaften Verbissenheit. Ich konnte nicht mehr los von Berlin. Hier, hier allein galt es zu kämpfen, zu siegen, oder unterzugehen' (II, 361).

For most of these young writers the presiding genius from the past was Byron; the great influence and model from their own time was Zola. Byron's 'Childe Harold' had accompanied Hauptmann on his Italian journey in 1883; and *Promethidenlos* was obviously inspired by and modelled after Byron's famous epic. Bleibtreu made Byron the hero of two dramas—*Lord Byrons letzte Liebe* (1881) and *Seine Tochter* (1886): in the first Byron was alive, but in the second he was dead. Bleibtreu's *Geschichte der englischen Literatur* (1887) devoted 168 pages out of 581 to Byron. It was no doubt the 'Byronism' of *Promethidenlos* which made Bleibtreu praise it so highly in the preface to the second edition of his *Revolution der Literatur* (1886), one of the most important theoretical works of the 'Jüngstdeutschen'. 'Und so schliesse ich dann mit den schönen Widmungsversen einer totgeschwiegenen Dichtung, *Promethidenlos* von Gerhart Hauptmann, die an Grösse der Konzeption, Adel und Schwung der Sprache das verkrüppelte Knieholz der üblichen titanenhaft überragt:

> Poch glühend Herz und walle Blut
> Für Wahrheit und für Licht,
> Und du gewaltger Kampfesmut
> Verlisch verlisch uns nicht.

Later in his *Revolution der Literatur* Bleibtreu declared: 'Zola ist der einzige Weltdichter seit Lord Byron, obwohl in beschränkter Form.' Zola's novel *Germinal* (1885), which dealt very realistically with the misery of mineworkers in northern France, culminating in a strike, roused his special enthusiasm. 'Dem Realismus gehört die Zukunft der Literatur. Allerdings nicht dem Pseudo-Realismus.... Mut bedürfen Dichter wie Leser, um den *wahren* Realismus zu ertragen—Mut und Charakter.... Dasjenige Buch, welches mit erschütterndem Ernst den Sohn unserer Zeit in jeder Fiber packt, ist Zolas "Germinal", die grandiose Allegorie der modernen Gesellschaft und ihres Verhältnisses zu den Gesetzen der ehernen Notwendigkeit.... Der Weltschmerz der heutigen Zeit hat im "Germinal" seine ewige Formel gefunden.'

Bleibtreu's *Revolution der Literatur* was dedicated to Michael Georg Conrad, the acknowledged leader of the 'Jüngstdeutschen' in München, although he was considerably older than the rest— he was born in 1846. On January 1, 1885, the first number of his periodical *Die Gesellschaft* appeared, with the significant sub-title: 'Realistische Wochenschrift für Literatur, Kunst und öffentliches Leben' (in 1886 it was changed from a weekly to a monthly). Like his friend and collaborator Bleibtreu, Conrad was an enthusiastic admirer of Zola—'ein Zola-Schwärmer'. In the early 'eighties he lived in Paris, where he came to know Zola personally. His book *Von Zola bis Hauptmann — Erinnerungen zur Geschichte der Moderne* (Leipzig, 1902, S. 77) describes how Hauptmann sent him a copy of *Promethidenlos* for review in *Dei Gesellschaft*; a review did not appear, because the reviewer sold

B

the copy to a second-hand bookseller. But in the late spring of 1887 Conrad received the manuscript of *Bahnwärter Thiel*—'eine blutige Familiengeschichte aus der märkischen Kiefernheide'. The manuscript and the accompanying letter were very carefully written in the author's own hand on large folio sheets, each bearing the stamp: 'Gerhart Hauptmann'. 'Wie das Aeussere, so war der Inhalt: von vollendeter künstlerischer Ruhe, Sicherheit und Sorgfalt. Aus dem Leserkreise erhielt ich bald begeisterte Zuschriften: Man habe seit Zola keine bessere Novelle in Deutschland gelesen.'

Hauptmann had thus made his way from Germanic verse dramas and Byronic poetry to the narrative prose of Realism or even Naturalism. At first glance this seems an almost impossible development—or leap; and Hauptmann's writings before 1889 appear to be a strange mixture of imitative Romanticism and incipient Naturalism. But if one looks a little more carefully, it becomes clear that with Hauptmann, as with so many of his 'Jüngstdeutschen' contemporaries, the bridge or link or guiding thread was provided by the 'social question' (die soziale Frage). R. M. Meyer wrote in his *Deutsche Literatur des Neunzehnten Jahrhunderts* (1900) (S. 831): 'Das warme Mitleben, das den armen beschränkten Wärter und sein unglückliches Kind mit der Poesie menschlicher Sympathien umkleidet, hat die Brücke von Byrons Pathos zu Zolas Naturalismus geschlagen.' The 'social question' was not new in German literature; during the last few decades it had been steadily growing in importance, e.g. in the novels of Gustav Freytag and Wilhelm Raabe, and the lyric poetry of Gottfried Keller and Theodor Storm. But new was the degree to which the 'Jüngstdeutschen' and the Naturalists made it the fundamental issue, the focal point and touchstone of their works. In their view it was the new task of literature (and of art) to delve into the misery of contemporary life; to arouse the social conscience, and thus to bring about reforms. Byronic 'Weltschmerz' became merged with sympathy for the sufferings of the workers, and with pessimistic condemnation of the rapidly increasing industrialization and urbanization.

The 'social question' was already quite prominent in Hauptmann's *Promethidenlos*. The dedicatory verses quoted with such enthusiasm by Bleibtreu (see p. xvii above) contained a vague and indirect attack on 'Capitalism', or at least the inordinate love of gold. By far the most frequent word in *Promethidenlos* is 'Elend' (misery)—with special reference to conditions in Malaga and Naples. And Selin-Hauptmann declares:

'Die Dichter sind die Tränen der Geschichte.'

The 'social question' was also the theme of several poems in *Das bunte Buch*. In 1887 Hauptmann collected the poems he had written since 1880, and arranged for their publication. The proof sheets were ready early in 1888; but the book was never printed, because the publisher went bankrupt. As with *Promethidenlos*, the main value of *Das bunte Buch* is biographical and 'zeitgeschichtlich', i.e. as a mirror of Hauptmann's own development and that of the 'Jüngstdeutschen'. Many of the lyrics are Romantic, Byronic, imitative, conventional, and technically imperfect. One of them begins: 'Ich weiss nicht was soll es bedeuten,/Dass meine Träne rinnt'—with no apology to Hein-'ich Heine! Another poem opens with the sad lines:

Verlohnt's der Müh? — Ich bleibe stehen.
Verlohnt's der Mühe — weiterzugehen?

The best of the lyrics are nature poems, with a marked preference for gloomy autumn pictures and sombre moods: Abendstimmung, Nacht im Forst, Sturmwaldnacht, Herbstnacht, Nebel. So much for the 'Byronic' side of *Das bunte Buch*. But there is also a poem entitled 'Mein Kampf', which contains the lines:

ich bin ein Sänger jenes düstern Tales,
wo alles Edle beim Ergreifen schwindet.

'Der Selbstmörder' describes how life in Berlin drives a man to drown himself in a lake on the outskirts. 'Der Wächter' is a moving poem about a consumptive, who takes a job as a night-watchman at a factory, in order to save his wife and child from starvation; one morning he is found dead at his post.

Two of the poems in *Das bunte Buch* are printed in the Appendix (see p. 53). 'Im Nachtzug' gives a programme for the new poetry, in the form of a personal experience—a train journey by night. The poet longs for the romantic land of moonbeams and fairy music and dance; but the noise of the train brings him down to earth, and reminds him of the sufferings and dark intent of the workers. This, then, is to be the theme of his verse: das Lied von unserm Jahrhundert. Similar ideas are expressed in 'Weltweh und Himmelssehnsucht', the first poem in *Das bunte Buch*. The poet must be firmly rooted in the sufferings of the world, out of which 'heavenly longing' takes its rise. These two poems document in a memorable way the two fundamental and permanent aspects of Hauptmann's personality and literary achievement. There is on the one hand the passive, lyrical, Romantic element; and on the other the dynamic, dramatic, Realist (or Naturalist) trend. Both these factors are represented in *Bahnwärter Thiel*, with the second in considerable predominance. In the dream-play (Traumdichtung) *Hanneles Himmelfahrt* (1894), they are almost equally combined and balanced.

LIFE IN ERKNER

The main reason why Hauptmann and his wife moved to Erkner was that he had developed lung trouble, so serious that in the summer of 1885 he was declared unfit for military service. Hauptmann wrote in *Das Abenteuer meiner Jugend* (II, 369 f.): 'Diesem Wechsel des Wohnorts verdanke ich es nicht nur, dass ich mein Wesen bis zu seinen reifen Geistesleistungen entwickeln konnte, sondern dass ich überhaupt noch am Leben bin.' Three of his sons were born in Erkner, as well as his first 'Geisteskinder'. He continues: 'Unser Leben war schön. Natur und Boden wirkten fruchtbar belebend auf uns. Wir waren entlegene Kolonisten. Die märkische Erde nahm uns an, der märkische Kiefernforst nahm uns auf. ... So war ich instinktgemäss zur Natur zurückgekehrt.' (For a definition of the word 'märkisch', see the note on 4, 1—p. 58 below.) Hauptmann went for long walks in the lonely pine forests; and in winter he went skating on the frozen lakes. He had definitely decided to become a writer, and there was an abundance of good material to hand. 'Ich machte mich mit den kleinen Leuten bekannt, Förstern, Fischern, Kätnerfamilien und Bahnwärtern. ... Man hörte im Winter das Krachen im Eise der Seen weit über Land. ... Und die Seen verlangten alljährlich Opfer. Da schilderte ich in einer kleinen Novelle, wie der Segelmacher Kielblock mit seiner Frau und seinem Kinde in einer Mondnacht einbrach and unterging. Mein literarischer Ehrgeiz war nun brennend geworden.' The rejection of his drama *Tiberius* only spurred him to greater efforts. 'Während mein zweiter Sohn geboren wurde (April 22, 1887), schrieb ich an einer Novelle Bahnwärter Thiel, die ich im späteren Frühjahr beendete. Sie wurde von Michael Georg Conrad in München erworben und in seiner Zeitschrift abge-

druckt. Damit war ich als Schriftsteller in die Welt getreten'
(II, 392 ff.).

Hauptmann describes how he came to know several of the
contributors to the anthology *Moderne Dichtercharaktere.* 'Von
Erkner aus kam ich oft nach Berlin. Und dort war ich in einen
Kreis junger Literaten hineingewachsen' (II, 408). He became
a member of the 'Verein Durch', which had been founded in
the spring of 1886. Among the members were the Hart brothers,
Bruno Wille (a Socialist writer), Wilhelm Bölsche (a literary
critic, later famous for his popularization of scientific material),
Leo Berg and Eugen Wolff (both literary critics), and Paul
Ernst (later important as a dramatist, essayist, and writer of
'Novellen').

In *Das Jüngste Deutschland — Zwei Jahrzehnte miterlebter
Literaturgeschichte* (first published in 1900), Adalbert von Hanstein tells of his close association with Hauptmann in Erkner
(S. 160 ff.). 'Was mir vor allen Dingen an ihm auffiel, und was
jedem auffallen musste, war sein starker sozial-ethischer Zug. . . .
Ich habe nie einen Menschen gesehen, dem das soziale Empfinden
mehr in Fleisch und Blut, ja in das ganze Nervensystem überge-
gangen war, als ihm. . . . Also das soziale Mitgefühl war seine
Grundstimmung. Sie veranlasste ihn, stundenlang der Genosse
eines einsamen Bahnwärters zu sein, dessen stilles Leben im
traumselig stimmungsvoll geschilderten märkischen Kiefernwald
er in der Novelle *Bahnwärter Thiel* niederlegte. . . . So glitt er
langsam in das moderne Stoffgebiet über.'

'FASCHING'

Fasching was written in February and March 1887, and
appeared in August of that year in a periodical with the strange
name *Siegfried,* published by the Meinhard Verlag in Beerfelden,
a little town in Hesse, in south-west Germany. It must have
been a very small firm, because a bill which Hauptmann received
in January 1888 bore the inscription: 'Buchdruckerei, Buch-,
Schreib-, Schulbedarf- und Zigarren-Handlung, Assekuranz-
Geschäft'; that is to say, in addition to printing and publishing,
the firm dealt in writing materials, school equipment, and
cigars—as well as insurance.[1] This was the firm which went
bankrupt, just when it was on the point of publishing *Das bunte*

---

[1] Martin Breslauer: 'Das bunte Buch — Die Geschichte seines Entstehens.'
In: *Philobiblon,* 1930, S. 138.

Buch (see p. xix above). The periodical *Siegfried* soon ceased publication, and in this way Hauptmann's first 'Novelle' came to be forgotten. It was not included in Hauptmann's collected works published in 1906, 1912, 1921, and 1922; and it was not mentioned in books and articles about Hauptmann, or in literary histories. Until Max Herrmann, Professor of German at the University of Berlin, gave a lecture to the 'Gesellschaft für Literatur' in May 1922, entitled 'Eine unbekannte Jugender-zählung Gerhart Hauptmanns'.[1] As a result of the publicity given to *Fasching* by Max Herrmann's lecture, a luxury edition of 300 numbered copies was printed in 1923, and in 1925, S. Fischer, Berlin, made it available to the general reader in a cheap edition. It was included, of course, in the 1935 edition of Hauptmann's prose works (*Das Epische Werk*, S. Fischer, Berlin), and in the *Ausgabe letzter Hand* of 1942. More recently, it appeared as the first story in Hauptmann's *Gesammelte Erzählungen*, published in 1948 by the Suhrkamp Verlag (vormals S. Fischer), Berlin and Frankfurt am Main. *Fasching* is not as great a 'Novelle' as *Bahnwärter Thiel*; but it deserves much more attention than it has hitherto received: partly for its own sake, as a well-told and thrilling story, and partly because it was Hauptmann's first 'Novelle', and the decisive step in his turn towards Realism and Naturalism.

Expressed in one sentence, *Fasching* is the story of a young married couple who come to a sad end, simply because of their insatiable 'Lebensfreude'—their determination to have a good time. In accordance with the principles of Realism and even more of Naturalism, Hauptmann took a real incident as the basis for his 'Novelle'. The Berlin *Staatsbürger-Zeitung* of February 15, 1887, contained the following news item:

> ERKNER: Ein entsetzliches Unglück ereignete sich am Sonntag-Abend auf dem Flakensee. Nachdem schon vor

---

[1] The Berlin newspaper *Die Zeit* printed a detailed account of Max Herrmann's lecture in its issue of May 19, 1922; the *Vossische Zeitung* of the same date included an article on *Fasching* by C. F. W. Behl. Max Herrmann (born 1865) was for many years a leading 'Germanist' in Berlin; he founded the 'Institut für Theaterwissenschaft' in 1922; the Nazis forced him to retire on a pension in 1933, because he was a Jew; but he was so essentially German that he refused to emigrate ('Auswandern? das wäre ein Todesurteil für mich!'); he died at the age of seventy-nine in the notorious 'Konzentrationslager' in Theresienstadt in Czechoslovakia; his wife died in Auschwitz. Do not confuse him with the lyric poet Max Herrmann-Neisse (born in Neisse in Silesia in 1886), who died in London in 1942.

ungefähr 8 Tagen der Tischlermeister K.Zieb von hier mit
einem von mehreren Damen besetzten Schlitten auf dem Eise
eingebrochen war, aber noch glücklich gerettet wurde, fand
am Sonntag-Abend sein Bruder, der Schiffsbaumeister H. Zieb
mit seiner Familie, bestehend aus der Frau und einem kleinen
Kinde, den Tod in den kalten Fluten des Sees. Zieb, ein
junger in blühendstem Alter stehender Mann, der erst zwei
Jahre verheiratet ist, fuhr mit seiner Familie auf einem
Schlitten nach der Woltersdorfer Schleuse. Als er die Rück-
fahrt antrat, war es schon ziemlich dunkel: Bekannte warnten
ihn vor dieser Fahrt, da die Locknitz, welche bei der Wohnung
Zieb's in den Flakensee mündet, offen ist; doch der junge
Mann verachtete diese Warnungen, da er ja mit den Verhält-
nissen ganz genau bekannt sei. Herzdurchdringende Hilferufe
hallten bald über den See: Zieb war, ungefähr 100 Schritt von
seiner Wohnung entfernt, in die Locknitz geraten und ertrank
mit seiner Familie, bevor Hilfe herbeikam. Der Körper der
Frau wurde noch am Sonntag aus dem Wasser gezogen,
während der Vater mit seinem Kinde, vom Strom unter das
Eis gespült, erst nach Abgang des Eises aufgefunden werden
dürfte.

On February 16, 1887, the following entry was made in the
Erkner register of deaths:

Am 13. Februar 1887, nachmittags zwischen 6 und 7 Uhr,
sind der Schiffsbaumeister Hermann Eduard Zieb, 35 Jahre
alt, die verehelichte Schiffbaumeister Anna Zieb, 20 Jahre alt,
und der Knabe Paul Wilhelm Zieb, 1 Jahr 8 Monate alt,
wohnhaft gewesen zu Erkner, im Flakensee zwischen Wolters-
dorf und Erkner ertrunken.

And in the cemetery about two hundred yards from the house
in which Hauptmann lived, a tombstone was erected, with the
inscription:

Hier ruhen in Gott der Schiffsbaumeister Eduard Hermann
Zieb, Frau Anna Zieb und deren einziger Sohn Paul. Sie
fanden den Tod gemeinsam im Flaken-See am 13. Februar
1887.

Fasching is not divided into chapters or sections; except that
several times a space of one line is left. There are two brief
introductory sections: the first (33–34, 37) tells in general terms
how 'sail-maker' Kielblock and his wife lived during the first

year they were married; the second (34, 38–36, 42) describes the
Kielblock household one morning at the beginning of winter—
the time of the year Kielblock liked best, because it meant little
work and a good deal of fun. The next section (37, 1–40, 16) is
mainly concerned with the preparations for the fancy-dress ball.
This is followed by the long section which covers the period
from Saturday evening till the following Sunday evening, and
takes in the ball (40, 17–42, 23), its continuation at the 'Heidekrug'
the next morning, the afternoon trip to the relatives at Steben
on the other side of the lake, and the return journey across the
ice—culminating in the detailed account of the drowning (50–
51). One page is sufficient for the rapid, almost terse, but very
effective conclusion: with its dramatic explanation as to why the
lamp suddenly disappeared from the window of the Kielblock
cottage.

One of the outstanding features of both stories is the masterly
way in which Hauptmann prepares the reader for the final
tragedy step by step. Early in *Fasching*, Kielblock tests the ice
on the lake, and almost falls in (34, 38 ff.). On the evening of
the ball, the Kielblocks hear the protracted, trumpet-like noises
caused by the cracking and melting of the ice surface (38, 41 ff.).
Frau Kielblock is horrified by her husband's death-mask (39,
10 ff.). The 'nervous town-rats' scurry off home as soon as it
gets dusk (45, 27 ff.); and Hauptmann skilfully introduces the
rescue of a boy from drowning, at the very spot where the
Kielblocks were fated to meet their end (45, 40 ff.). Finally, the
moon is suddenly covered by clouds, and the grandmother takes
the lamp from the window, in order to fondle the treasure in
the green box.

'BAHNWÄRTER THIEL'

No incident has ever been discovered which might have
served Hauptmann as the basis or inspiration for *Bahnwärter
Thiel*. Walter Requardt, the German Hauptmann-scholar who
is the chief authority on the 'Entstehungsgeschichte', i.e., the
sources and rise of these two 'Novellen', searched the local
church registers, registry office records, and newspaper files; he
questioned people who well remembered the drowning of the
Zieb family. But he could find no trace in the neighbourhood
of a murder like the one described in *Bahnwärter Thiel*. On the

other hand, we know from Adalbert von Hanstein that Hauptmann spent hours with a local 'Bahnwärter' (see p. xxi above).

The action takes place in June, between early Saturday
morning and the following Tuesday morning. Hauptmann does
not mention the days by name; except the day after the action
begins—a glorious Sunday morning (18, 33). So the railway
accident must have happened on the Monday afternoon, and the
murder was committed during the night from Monday to
Tuesday. The story is divided into three numbered sections,
and as with *Fasching*, a break is several times indicated by the
space of a line. Apart from these divisions, which the careful
reader can easily work out for himself, a useful way of analysing
the story is to concentrate on the stretch of railway line which
Thiel knows so well, and which plays such an important part
in the unfolding of the tragedy. We begin, therefore, with the
line on Saturday evening (13, 18 ff.). This is a quiet overture;
the line is peaceful—the wind is light, and there is a beautiful
sunset (Lautlos und feierlich vollzog sich das erhabene Schauspiel—14, 5 ff.). Secondly, the line during the night from
Saturday to Sunday (16, 12 ff.)—a terrible night, in keeping with
the torments of Thiel's guilty conscience; the wind threw hail
and rain against the windows of his hut; the pine-trees rubbed
against each other, squeaking and creaking, in the pitch-black
darkness; and finally, the thunderstorm broke. Thirdly, the line
on Sunday morning (18, 33 ff.): 'Es war ein herrlicher Sonntagmorgen — Die Wolken hatten sich zerteilt — Die Sonne goss,
im Aufgehen gleich einem ungeheuren, blutroten Edelstein
funkelnd, wahre Lichtmassen über den Forst.' Fourthly, the line
on Monday morning (21, 9 ff.), with blue sky, blossoms, and
butterflies; Nature and man in harmony. Fifthly, the line on
Monday evening. The description of the track just before and
just after the accident is rapid, sparing in words, realistic (22,
35 ff.). After Tobias is taken away, there is another quiet period:
'Es ist still ringsum geworden, totenstill; schwarz und heiss
ruhen die Gleise auf dem blendenden Kies. Der Mittag hat die
Winde erstickt, und regungslos, wie aus Stein, steht der Forst'
(25, 5 ff.). Once again, Hauptmann gives a wonderful (but so
different) description of the setting sun (26, 24 and 27, 23 ff.).
The moon rises, and for the last time the effects of light on the
trees are described with the skill of a master-painter. The only
word for this kaleidoscopic and flowing treatment of the line—
its ever-changing aspects and moods—is 'Impressionism'.

Without attempting a detailed analysis of Thiel's character (students can profitably do this for themselves), three main stages in his development may be suggested. In the first, Thiel is the pious, almost pedantically careful State employee (Beamter), dominated by a spiritual love for his first wife. But through his second wife, the sensual side of his nature is inordinately developed: hence the split in his personality, his brooding uncertainty, his inability to act—in the interests of his own peace of mind, and in order to defend his beloved son, Tobias. In the third stage, the bitterly tragic accident occurs, as the inevitable consequence of stage two; Thiel suffers a mental breakdown, and avenges his first wife and Tobias by murdering his second wife and her child. The change brought about in Thiel in such a short space of time is tremendous; but it all seems credible, because the gradual preparation for the crime, and its motivation, are well-nigh perfect. *Bahnwärter Thiel* is a masterly character study. According to Goethe's famous definition (*Gespräche mit Eckermann*, 25. Januar 1827), a 'Novelle' is 'eine sich ereignete, unerhörte Begebenheit' (an event which is unheard of, but which has taken place—or rather, the story is so well told, that the reader is ready to believe that the incident did really happen). A 'Novelle' must concentrate on one single incident; but in such a way that the whole life of an individual or a restricted group of persons stands revealed. No critic could possibly quarrel with *Bahnwärter Thiel* or *Fasching*, as far as the treatment of the 'Begebenheit' and its effects is concerned. But Hauptmann was even more interested in the character of Thiel and of Kielblock than in the murder and the drowning. The main problem in *Fasching* is the psychology of the pleasure-loving Kielblock. The main problem in *Bahnwärter Thiel* is even more psychological—and pathological: the union by his second marriage of a simple, sensitive man with a primitive, sensual woman, and its criminal outcome. A new element had thus appeared in the content and technique of the 'Novelle', in accordance with the contemporary advances in the fields of psychology and pathology—or should one say psychiatry. The result was wonderful, unforgettable characterization.

In keeping with what was soon to become the avowed practice of Naturalism, actual place-names were given. Every Sunday Thiel went to church in Neu-Zittau. He lived in Schön-Schornstein, a hamlet on the river Spree. Berlin, Friedrichshagen, and Breslau are also mentioned, in connection with the trains. In *Fasching*, Steben, the only place-name given apart from Berlin, is fictitious; Hauptmann speaks of 'das Dorf' and 'der See'—although it is clear that he must mean Erkner, which lies on the south shore of the Flakensee; the Kielblocks are drowned at a point where a small river flows into the lake—obviously the Locknitz—but the name is not given. Hauptmann may have hesitated to mention Erkner, because he lived there, and because he was exploiting a real incident; but more likely, the use of actual place-names in *Bahnwärter Thiel* is to be regarded as a further step in his developing Naturalism.

Bahnwärter Thiel and *Fasching* must be regarded as heralds of Naturalism in other ways. Applying the principles he expressed in the poems 'Weltweh und Himmelssehnsucht' and 'Im Nachtzug', Hauptmann turns his back on the heroes of world history, the rich and the highly-educated, and deals instead with people from the lowest levels of society, with the workers. Already in this early stage of his literary career, Hauptmann demonstrates his supreme ability to live himself into the hearts and minds of ordinary people living ordinary lives, and at the same time his great talent for the vivid description of their surroundings—the 'milieu'. According to Naturalist theories, a man was the product of heredity and environment: with the main stress on environment. Like so many of Hauptmann's male characters, both Kielblock and Thiel lack will-power; the circumstances of their lives are just too much for them.

There is one feature of *Bahnwärter Thiel*, however, which is definitely *not* Naturalist, and that is the recurring mysticism. The Naturalists were materialist and mechanistic in their interpretation of life, and deliberately ignored all metaphysical and religious factors. But mysticism is a characteristic Silesian trait, and as such an essential part of Hauptmann's own personality; and although the scene of *Bahnwärter Thiel* is laid in the 'Mark Brandenburg', Hauptmann is here creating for the first time a character from his Silesian homeland. Ten years of his lonely occupation had strengthened Thiel's innate mystical tendencies. The influence of his first wife when she was alive, and even more from the grave, was all in the same direction. Hauptmann here exploits his favourite 'dead-hand motif', i.e., the influence of the dead on the living. When Thiel was on night-duty, the hut became a chapel; with a faded photo of his first wife (like an altar) on the table in front of him, he read his Bible and sang hymns, until he was in a state of religious ecstasy (4, 36 ff.).

Twice in the story Minna appears to him in a blood-curdling vision: the first time during the night from Saturday to Sunday, as if to warn him of the impending accident (17, 12 ff.), and again on the Monday evening, when Thiel in his ravings vows he will kill Lene with the kitchen chopper (26, 31 ff.). Students can also refer for themselves to the passage in which Tobias asks his father the naïve question about the squirrel: 'Vater, ist das der liebe Gott?'—and to the later passage in which poor Thiel repeats this idea in his mad speculations on the evening after the accident (22, 4 ff. and 27, 34 ff.).

Various critics have drawn attention to minor stylistic defects in *Bahnwärter Thiel*. After praising the description of the approaching locomotive (14, 7 ff.), and the analysis of the sounds made by the wind in the telegraph wires (21, 13 ff.), R. M. Meyer points out that it is 'eine märchenhafte Übertreibung' to assert that the two red lights on the train turned the raindrops into drops of blood (17, 42 ff.): 'Schneeflocken mögen wie ein Blutregen wirken, Regentropfen werden nie so stark gerötet werden.' And there is also justification for his statement: 'Wie schlecht schimpft die Bahnwärterfrau! Jeder Strassenjunge kann es besser (10, 19–11, 13).' Another critic, Max Nordau, ridiculed the phrase: 'Seine gläsernen Pupillen bewegten sich unaufhörlich' (27, 8); remarking emphatically: 'Diese Erscheinung hat noch nie jemand gesehen.' A few lines lower down, Hauptmann wrote: 'Die Stämme der Kiefern streckten sich wie bleiches, verwestes Gebein.' Max Nordau pointed out that the bones are just that part of the body which does not putrefy.

Max Nordau described *Bahnwärter Thiel* in 1893 as 'dieses unglückliche Buch'. This is by far the most adverse judgment I have been able to find. When *Bahnwärter Thiel* was published along with *Der Apostel* (the story of one day in the life of a religious fanatic) by S. Fischer, Berlin, in the spring of 1892, it received from most reviewers the high praise it has steadily called forth ever since. Felix Holländer declared: 'Den Bahnwärter Thiel halte ich für ein in sich geschlossenes kleines Meisterwerk.' Adolf Bartels wrote in his Hauptmann biography (S. 90), with reference to this 1892 edition: 'Den beiden Studien prophezeie ich ein längeres wahrhaftes Leben als den drei ersten Dramen.' (The first three dramas were *Vor Sonnenaufgang* (1889), *Das Friedensfest* (1890), and *Einsame Menschen* (1891.)). Over 50,000 copies of the 1892 edition had been sold up to 1948. *Bahnwärter Thiel* was included in all the editions of Hauptmann's collected works. In 1927 it achieved the distinction of appearing in the famous Reclam series of cheap, pocket editions (Reclams Universal-Bibliothek); and it was re-issued by the reconstituted Reclam firm in Stuttgart in 1949. It has long been popular for public readings. The Austrian writer Hermann Bahr read it to a meeting of a literary club in honour of Hauptmann's fiftieth birthday in Vienna in October 1912; and an actor, Emil Milan, gave a similar reading in Dresden a few days later (*Neues Wiener Journal*, 5. Oktober 1912; *Dresdener Volkszeitung*, 8. Oktober 1912). It has probably been read by more Germans than any other of Hauptmann's works; which is again a good reason why it should be made known to students of German in English-speaking countries.

HAUPTMANN AND AUERBACH: A COMPARISON

A story by Berthold Auerbach (1812–82) may possibly have given Hauptmann the idea to write about a 'Bahnwärter'. Auerbach was a Jewish writer whose 'Schwarzwälder Dorf-geschichten' (the first of a long series was published in 1843) were very popular for decades. Ivo, the uncommon name Hauptmann gave his eldest son (born on February 9, 1886), is presumably taken from one of these 'stories of village life'— 'Ivo der Hahrle'. Auerbach's final collection of 'Dorfgeschichten' (published in 1876) included a story entitled 'Das Nest an der Eisenbahn'. To the modern reader it is sentimental, long-winded, and dull; but a brief comparison with *Bahnwärter Thiel* may serve to underline some of the main differences between 'Poetic Realism' and 'Naturalism'. There is no question nowa-days of putting Auerbach on the same level as Stifter, Gustav Freytag, Wilhelm Raabe, and the other great prose-masters of 'Poetic Realism'; but that does not make him any the less representative of the movement, and of the literary taste of the day. In spite of their sincere desire to be objective and realistic, the writers of 'Poetic Realism' tended to idealize life, and to gild reality. Their attitude was positive rather than negative; they were on the whole optimistic and 'lebensbejahend' (das Leben bejahen = say yes to life). Theodor Storm's fine poem 'Okto-berlied' (1848) provides a simple formula for all this:

> Wir wollen uns den grauen Tag
> Vergolden, ja vergolden.

The Naturalists, on the other hand, went a long way further in their realism. Their interest in the 'social question', and their sympathy with the sufferings of the workers, made them deter-mined to portray contemporary life in all its ugliness and evil. Thus they tended to see only the bad side, which they often proceeded to exaggerate.

Auerbach tells the story of Jakob, a 'Bahnwärter', and his wife Magdalena (cf. Hauptmann's use of the much more colloquial abbreviation 'Lene'), and how they brought up a very large family in the little house alongside the tracks. The 'Häuschen' was 'geschmackvoll gebaut'; in the summer it was fragrant with flowers. 'Neun Kinder wurden im Bahnhäuschen Nummer 374 geboren. . . . Wenn man ein Vogelnest betrachtet, so kann man sich schwer vorstellen, dass da drin so viel Volk bis zur Flugreife gedeihen konnte. Ähnlich ist es, wenn man das Bahnhäuschen Nummer 374 betrachtet.' Two sons fight in the war of 1870–71; one daughter marries a rich farmer; another marries a missionary and goes to India; the youngest daughter is happy as the wife of the man who succeeds her father as 'Bahnwärter'. The family has its difficult periods and minor tragedies; but it is clear all along that they will be overcome, and that things will be just fine in the end. Jakob (to his wife): 'Wir haben unser täglich Brot und wir zwei haben einander, ich begehre nichts weiter von der Welt.' Or again: 'Ich wünsche mir weiter nichts, als dass wir unser Leben lang hier bleiben, just wie der Baum da, der auch nicht fort mag.' Jakob finally retires on a pension: 'Er denkt nicht ans Sterben.' There is *no* railway accident, and nobody gets killed. The Poetic Realists specialized in 'happy endings': the Naturalists scorned them. From the very start, the reader of *Bahnwärter Thiel* and *Fasching* feels in his bones that the outcome is bound to be tragic. The *un*-happy ending is another reason why these two stories appeal to students in this grim age of world-wars and atom-bombs.

'BAHNWÄRTER THIEL' AND 'FUHRMANN HENSCHEL'

Students who have enjoyed reading *Bahnwärter Thiel*, and are therefore in the mood for more Hauptmann, would be well advised to turn immediately to Hauptmann's play, *Fuhrmann Henschel*. Begun in November 1879, and finished in the autumn of 1898, it was first performed in the 'Deutsches Theater' in Berlin, on November 5, 1898. After the failure of *Florian Geyer*

(1896), in which Hauptmann applied the principles of Naturalism to historical drama, and the undeserved success of his romantic 'Märchendrama' *Die Versunkene Glocke* (also 1896), *Fuhrmann Henschel* marks his return to the 'Silesian Naturalism' of *Vor Sonnenaufgang* and *Die Weber*. Even more, it is a return to the material and the problem of *Bahnwärter Thiel*. In the first act, Henschel promises his wife on her death-bed that he will look after their child, and not marry the servant-girl, Hanne Schäl. In the second act, Frau Henschel has been dead eight weeks; and in spite of his promise, Henschel asks Hanne to marry him. In Act IV, Henschel discovers that Hanne has been unfaithful to him, and he realizes also that she is responsible for the death of his child. In the last act, Henschel hangs himself.

The similarities between Drayman Henschel and Lineman Thiel are striking. Henschel is good-natured and honest, but intellectually rather limited, and above all weak-willed. Death intervenes, and brings to an end his rhythmical, peaceful, and thoroughly decent life. Unable to master his sensual desires, which during his first marriage had slumbered, he falls victim to a much inferior type of woman. As in *Bahnwärter Thiel*, Hauptmann makes skilful use of the 'dead-hand motif' (see p. xxvii above). From now on, Henschel's life is divided between the living and the dead. On his wife's thirty-sixth birthday he goes to her grave, and stands there for half an hour, hoping for a sign. He thinks he hears her moving about the house, and he sees her in the stables. He knows he has done wrong, but he feels that he just could not help it: 'Schlecht bin ich gewor'n, bloss ich kann nischt dafier.' Even more than *Bahnwärter Thiel*, *Fuhrmann Henschel* is a modern tragedy of fate: fate not as an arbitrary and supernatural power, as in Greek drama, but as the simple power of heredity and environment, acting on a character—in keeping with the Naturalist view of life.

Hanne Schäl is the same type as Lene: what in French literature is called 'la femme fatale'. The best thing that can be said about both women is that they are hard-working. 'Drei Dinge hatte er (Thiel) mit seiner Frau in Kauf genommen: eine harte, herrschsüchtige Gemütsart, Zanksucht und brutale Leidenschaftlichkeit' (3, 3 ff.). But Hanne was even more ruthless, domineering, quarrelsome, and sensual. And in addition she was cheap and immoral, with a low peasant cunning. In his *Dramaturgie des Schauspiels* (Bd. 4, S. 608), a standard work of dramatic criticism, Heinrich Bulthaupt calls Hanne Schäl 'eine

weibliche Bestie'—'den rohesten Typus vom Weibe, den unsere
deutsche Literatur kennt, glaubhaft (credible) in all ihrer
Unmenschlichkeit (inhumanity), den schmutzigsten, bittersten
Bodensatz (dregs), die Hefe (scum) des Frauentums'.

Fuhrmann Henschel is one of Hauptmann's best plays, and one
of the most representative works of Naturalism.

GERHART HAUPTMANN AND ARNO HOLZ

The first edition of Hauptmann's play *Vor Sonnenaufgang*
contained the following dedication: 'Bjarne P. Holmsen, dem
konsequentesten Realisten, Verfasser von "Papa Hamlet",
zugeeignet, in freudiger Anerkennung der durch sein Buch
empfangenen, entscheidenden Anregung. Erkner, den 8. Juli
1889. G.H.' 'Papa Hamlet' was the title of the naturalistic prose
sketches published early in 1889 by Arno Holz and Johannes
Schlaf; and Bjarne P. Holmsen was the pseudonym they used.
Holz was soon to make his name as the chief theorist and poet of
Naturalism. Partly on the basis of the claims stubbornly main-
tained by Holz himself, and partly through neglect of Hauptmann's literary beginnings, the influence of Holz on Hauptmann
has often been greatly exaggerated. Hauptmann first met Holz
in Berlin in January 1889; in the following months they saw a
good deal of each other, and it was Holz who suggested the
title *Vor Sonnenaufgang* (instead of *Der Sämann*) for Hauptmann's
epoch-making play. But *Bahnwärter Thiel* and *Fasching* alone are
adequate proof that long before he met Holz, Hauptmann had
made considerable advances on the road towards 'konsequenter
Realismus' and Naturalism. The year 1889 was decisive, because
it produced Hauptmann's first great Naturalist drama, but the
year 1887 was in some ways even more decisive. Without
Bahnwärter Thiel and *Fasching* there could hardly have been *Vor
Sonnenaufgang*. F. A. Voigt declared in his 'Hauptmann-Studien'
(S. 37): 'Das Jahr 1887 ist lebenswendend für Gerhart Hauptmann geworden, und zwar auf Grund der beiden sehr stillen,
aber sehr arbeitsreichen Jahre 1885–6. Damals ist in den
einsamen Stunden der Grund gelegt worden für die künstlerische
Tätigkeit nicht nur der nächsten Jahre, sondern darüber hinaus
für die Weltanschauung des Meisters überhaupt.' *Bahnwärter
Thiel* and *Fasching* represent Hauptmann's first really positive and
permanent literary achievement. With these two 'Novellen' a

great writer was born. Hauptmann was only twenty-four when he wrote them; and he modestly called them both 'studies'. The verdict of posterity will continue to be that they are masterpieces in the difficult art of the 'Novelle', and well worth the attention of all students of modern German literature.

BIBLIOGRAPHY

THE text of the two stories printed in this edition, and also of the two poems in the Appendix, is that of the final and authorized edition of Hauptmann's works: *Das Gesammelte Werk* (Ausgabe letzter Hand zum achtzigsten Geburtstag des Dichters 15. November 1942). 17 Bände. S. Fischer, Berlin 1942.

Bahnwärter Thiel. Novellistische Studie aus dem märkischen Kiefernforst. First appeared in: *Die Gesellschaft*, Monatsschrift für Literatur und Kunst. Leipzig 1888. Heft 10. Included in: *Das Gesammelte Werk* (1942), Bd. I, S. 221–61.

Fasching. Eine Studie. First appeared in: *Siegfried.* Zeitschrift für volkstümliche Dichtung und Wissenschaft. Leipzig und Stuttgart. 3. Jahrgang, 1887. Heft 15 und 16. Included in: *Das Gesammelte Werk* (1942), Bd. I., S. 1–80.

Das bunte Buch. Included in: *Das Gesammelte Werk* (1942), Bd. I, S. 81–191.

Das Abenteuer meiner Jugend. Zwei Bände. S. Fischer, Berlin 1937. Included in: *Das Gesammelte Werk* (1942), Bd. 14.

Berthold Auerbachs Sämtliche Schwarzwälder Dorfgeschichten. Volksausgabe in 10 Bänden. Stuttgart 1884. Bd. 10: Nach dreißig Jahren. III: Das Nest an der Bahn.

Adolf Bartels: *Gerhart Hauptmann*, 2. Auflage. Berlin 1906.

C. F. W. Behl und F. A. Voigt: *Gerhart Hauptmanns Leben.* Chronik und Bild. Suhrkamp, Berlin 1942.

Karl Bleibtreu: *Revolution der Literatur.* 2. Auflage. Leipzig 1886.

Heinrich Bulthaupt: *Dramaturgie des Schauspiels.* 6. Auflage. Leipzig 1909. Bd. 4.

Michael Georg Conrad: *Von Zola bis Hauptmann.* Erinnerungen zur Geschichte der Moderne. Leipzig 1902.

Adalbert von Hanstein: *Das Jüngste Deutschland.* Zwei Jahrzehnte miterlebter Literaturgeschichte. Zweiter, unveränderter Abdruck. Leipzig 1900.

F(elix) H(olländer): *Hauptmann und Sudermann als Novellisten.* In: *Freie Bühne.* 3. Jahrgang 1892. Heft 7.

Richard M. Meyer: *Die deutsche Literatur des Neunzehnten Jahrhunderts.* Berlin 1900.

Max Nordau: *Entartung.* Berlin 1893.

Walter Requardt: *Erinnerungen an Gerhart Hauptmann in und um Erkner*. Ein quellenkundiger Beitrag. In: *Die Literatur*, Monatsschrift für Literaturfreunde. 43. Jahrgang (1941), Heft 9.

Walter Requardt: *Die Tragödie am Flakensee*. Aus Gerhart Hauptmanns Jugendschaffen in Erkner. Ein quellenkundiger Beitrag zu der Novelle *Fasching*. In: *Allgemeiner Anzeiger*, Erkner, 18.11.1938 und 21.11.1938.

Paul Schlenther: *Gerhart Hauptmann, Leben und Werk*. 3. Ausgabe. S. Fischer, Berlin 1922.

Wilhelm Studt: *Hauptmanns dichterische Anfänge*. Neue Funde aus der Frühzeit des Dichters. In: *Die Welt* (Hamburg), 3.7.1948.

Berthold Schulze: Die Eisenbahnstrecke in Gerhart Hauptmanns *Bahnwärter Thiel*. In: *Monatsschrift für höhere Schulen*. 19. Jahrgang (1920). Heft 7 und 8.

F. A. Voigt: (*a*) *Aus Hauptmanns frühen Tagen*. (*b*) *Die naturalistischen Anfänge Gerhart Hauptmanns*. In: *Hauptmann-Studien*. Bd. I. Aufsätze über die Zeit von 1880–1900. Breslau 1936.

F. A. Voigt: *Gerhart Hauptmann der Schlesier*. Verlag Deutsche Volksbücherei, Goslar 1947.

BAHNWÄRTER THIEL

I

ALLSONNTÄGLICH saß der Bahnwärter Thiel in der Kirche zu
Neu-Zittau, ausgenommen die Tage, an denen er Dienst
hatte oder krank war und zu Bette lag. Im Verlaufe von zehn
Jahren war er zweimal krank gewesen; das eine Mal infolge
5 eines vom Tender einer Maschine während des Vorbeifahrens
herabgefallenen Stückes Kohle, welches ihn getroffen und
mit zerschmettertem Bein in den Bahngraben geschleudert
hatte; das andere Mal einer Weinflasche wegen, die aus dem
vorüberrasenden Schnellzuge mitten auf seine Brust geflogen
10 war. Außer diesen beiden Unglücksfällen hatte nichts
vermocht, ihn, sobald er frei war, von der Kirche fern zu
halten.

Die ersten fünf Jahre hatte er den Weg von Schön-
Schornstein, einer Kolonie an der Spree, herüber nach
15 Neu-Zittau allein machen müssen. Eines schönen Tages war
er dann in Begleitung eines schmächtigen und kränklich
aussehenden Frauenzimmers erschienen, die, wie die Leute
meinten, zu seiner herkulischen Gestalt wenig gepaßt hatte.
Und wiederum eines schönen Sonntagnachmittags reichte er
20 dieser selben Person am Altare der Kirche feierlich die Hand
zum Bunde fürs Leben. Zwei Jahre nun saß das junge, zarte
Weib ihm zur Seite in der Kirchenbank; zwei Jahre blickte
ihr hohlwangiges, feines Gesicht neben seinem vom Wetter
gebräunten in das uralte Gesangbuch —; und plötzlich saß
25 der Bahnwärter wieder allein wie zuvor.

An einem der vorangegangenen Wochentage hatte die
Sterbeglocke geläutet; das war das ganze.

An dem Wärter hatte man, wie die Leute versicherten,
kaum eine Veränderung wahrgenommen. Die Knöpfe seiner

sauberen Sonntagsuniform waren so blank geputzt wie je
zuvor, seine roten Haare so wohl geölt und militärisch
gescheitelt wie immer, nur daß er den breiten, behaarten
Nacken ein wenig gesenkt trug und noch eifriger der Predigt
5 lauschte oder sang, als er es früher getan hatte. Es war die
allgemeine Ansicht, daß ihm der Tod seiner Frau nicht sehr
nahe gegangen sei; und diese Ansicht erhielt eine Bekräftigung, als sich Thiel nach Verlauf eines Jahres zum zweiten
Male, und zwar mit einem dicken und starken Frauenzimmer,
10 einer Kuhmagd aus Alh te-Grund, verheiratete.

Auch der Pastor gestattete sich, als Thiel die Trauung
anmelden kam, einige Bedenken zu äußern:

„Ihr wollt also schon wieder heiraten?“

„Mit der Toten kann ich nicht wirtschaften, Herr
15 Prediger!“

„Nun ja wohl. ˙Aber ich meine — Ihr eilt ein wenig.“

„Der Junge geht mir drauf, Herr Prediger.“

Thiels Frau war im Wochenbett gestorben, und˙der Junge,
welchen sie zur Welt gebracht, lebte und hatte den Namen
20 Tobias erhalten.

„Ach so, der Junge“, sagte der Geistliche und machte eine
Bewegung, die deutlich zeigte, daß er sich des Kleinen erst
jetzt erinnere. „Das ist etwas andres — wo habt Ihr ihn denn
untergebracht, während Ihr im Dienst seid?“

25 Thiel erzählte nun, wie er Tobias einer alten Frau über-
geben, die ihn einmal beinahe habe verbrennen lassen,
während er ein anderes Mal von ihrem Schoß auf die Erde
gekugelt sei, ohne glücklicherweise mehr als eine große
Beule davonzutragen. Das könne nicht so weitergehen,
30 meinte er, zudem da der Junge, schwächlich wie er sei, eine
ganz besondere Pflege benötige. Deswegen und ferner, weil
er der Verstorbenen in die Hand gelobt, für die Wohlfahrt
des Jungen zu jeder Zeit ausgiebig Sorge zu tragen, habe er
sich zu dem Schritte entschlossen. —

35 Gegen das neue Paar, welches nun allsonntäglich zur
Kirche kam, hatten die Leute äußerlich durchaus nichts
einzuwenden. Die frühere Kuhmagd schien für den Wärter
wie geschaffen. Sie war kaum einen halben Kopf kleiner als
er und übertraf ihn an Gliederfülle. Auch war ihr Gesicht
40 ganz so grob geschnitten wie das seine, nur daß ihm im
Gegensatz zu dem des Wärters die Seele abging.

Wenn Thiel den Wunsch gehegt hatte, in seiner zweiten

Frau eine unverwüstliche Arbeiterin, eine musterhafte
Wirtschafterin zu haben, so war dieser Wunsch in über-
raschender Weise in Erfüllung gegangen. Drei Dinge jedoch
hatte er, ohne es zu wissen, mit seiner Frau in Kauf genom-
5 men: eine harte, herrschsüchtige Gemütsart, Zanksucht und
brutale Leidenschaftlichkeit. Nach Verlauf eines halben
Jahres war es ortsbekannt, wer in dem Häuschen des Wärters
das Regiment führte. Man bedauerte den Wärter.

Es sei ein Glück für das Mensch, daß sie so ein gutes
10 Schaf wie den Thiel zum Manne bekommen habe, äußerten
die aufgebrachten Ehemänner; es gäbe welche, bei denen sie
greulich anlaufen würde. So ein Tier müsse doch kirre zu
machen sein, meinten sie, und wenn es nicht anders ginge,
denn mit Schlägen. Durchgewalkt müsse sie werden, aber
15 dann gleich so, daß es zöge.

Sie durchzuwalken aber war Thiel trotz seiner sehnigen
Arme nicht der Mann. Das, worüber sich die Leute ereifer-
ten, schien ihm wenig Kopfzerbrechen zu machen. Die
endlosen Predigten seiner Frau ließ er gewöhnlich wortlos
20 über sich ergehen, und wenn er einmal antwortete, so stand
das schleppende Zeitmaß sowie der leise, kühle Ton seiner
Rede in seltsamstem Gegensatz zu dem kreischenden Gekeif
seiner Frau. Die Außenwelt schien ihm wenig anhaben zu
können: es war, als trüge er etwas in sich, wodurch er alles
25 Böse, was sie ihm antat, reichlich mit Gutem aufgewogen
erhielt.

Trotz seines unverwüstlichen Phlegmas hatte er doch
Augenblicke, in denen er nicht mit sich spaßen ließ. Es war
dies immer anläßlich solcher Dinge, die Tobiaschen betrafen.
30 Sein kindgutes, nachgiebiges Wesen gewann dann einen
Anstrich von Festigkeit, dem selbst ein so unzähmbares
Gemüt wie das Lenens nicht entgegenzutreten wagte.

Die Augenblicke indes, darin er diese Seite seines Wesens
herauskehrte, wurden mit der Zeit immer seltener und
35 verloren sich zuletzt ganz. Ein gewisser leidender Wider-
stand, den er der Herrschsucht Lenens während des ersten
Jahres entgegengesetzt, verlor sich ebenfalls im zweiten. Er
ging nicht mehr mit der früheren Gleichgültigkeit zum
Dienst, nachdem er einen Auftritt mit ihr gehabt, wenn er
40 sie nicht vorher besänftigt hatte. Er ließ sich am Ende nicht
selten herab, sie zu bitten, doch wieder gut zu sein. — Nicht
wie sonst mehr war ihm sein einsamer Posten inmitten

des märkischen Kiefernforstes sein liebster Aufenthalt. Die
stillen, hingebenden Gedanken an sein verstorbenes Weib
wurden von denen an die Lebende durchkreuzt. Nicht
widerwillig, wie die erste Zeit, trat er den Heimweg an,
5 sondern mit leidenschaftlicher Hast, nachdem er vorher oft
Stunden und Minuten bis zur Zeit der Ablösung gezählt hatte.

Er, der mit seinem ersten Weibe durch eine mehr
vergeistigte Liebe verbunden gewesen war, geriet durch
die Macht roher Triebe in die Gewalt seiner zweiten Frau
10 und wurde zuletzt in allem fast unbedingt von ihr abhängig.
— Zuzeiten empfand er Gewissensbisse über diesen Um-
schwung der Dinge, und er bedurfte einer Anzahl außer-
gewöhnlicher Hilfsmittel, um sich darüber hinwegzuhelfen.
So erklärte er sein Wärterhäuschen und die Bahnstrecke, die
15 er zu besorgen hatte, insgeheim gleichsam für geheiligtes
Land, welches ausschließich den Manen der Toten gewidmet
sein sollte. Mit Hilfe von allerhand Vorwänden war es ihm
in der Tat bisher gelungen, seine Frau davon abzuhalten, ihn
dahin zu begleiten.

20 Er hoffte, es auch fernerhin tun zu können. Sie hätte nicht
gewußt, welche Richtung sie einschlagen sollte, um seine
Bude, deren Nummer sie nicht einmal kannte, aufzufinden.

Dadurch, daß er die ihm zugebote stehende Zeit somit
gewissenhaft zwischen die Lebende und die Tote zu teilen
25 vermochte, beruhigte Thiel sein Gewissen in der Tat.

Oft freilich und besonders in Augenblicken einsamer
Andacht, wenn er recht innig mit der Verstorbenen ver-
bunden gewesen war, sah er seinen jetzigen Zustand im
Lichte der Wahrheit und empfand davor Ekel.

30 Hatte er Tagdienst, so beschränkte sich sein geistiger
Verkehr mit der Verstorbenen auf eine Menge lieber
Erinnerungen aus der Zeit seines Zusammenlebens mit ihr.
Im Dunkel jedoch, wenn der Schneesturm durch die Kiefern
und über die Strecke raste, in tiefer Mitternacht beim Scheine
35 seiner Laterne, da wurde das Wärterhäuschen zur Kapelle.

Eine verblichene Photographie der Verstorbenen vor sich
auf dem Tisch, Gesangbuch und Bibel aufgeschlagen, las und
sang er abwechselnd die lange Nacht hindurch, nur von
den in Zwischenräumen vorbeitobenden Bahnzügen unter-
40 brochen, und geriet hierbei in eine Ekstase, die sich zu
Gesichten steigerte, in denen er die Tote leibhaftig vor sich
sah.

Der Posten, den der Wärter nun schon zehn volle Jahre
ununterbrochen innehatte, war aber in seiner Abgelegenheit
dazu angetan, seine mystischen Neigungen zu fördern.

Nach allen vier Windrichtungen mindestens durch einen
5 dreiviertelstündigen Weg von jeder menschlichen Wohnung
entfernt, lag die Bude inmitten des Forstes dicht neben einem
Bahnübergang, dessen Barrieren der Wärter zu bedienen
hatte.

Im Sommer vergingen Tage, im Winter Wochen, ohne
10 daß ein menschlicher Fuß, außer denen des Wärters und
seines Kollegen, die Strecke passierte. Das Wetter und der
Wechsel der Jahreszeiten brachten in ihrer periodischen
Wiederkehr fast die einzige Abwechslung in diese Einöde.
Die Ereignisse, welche im übrigen den regelmäßigen Ablauf
15 der Dienstzeit Thiels außer den beiden Unglücksfällen
unterbrochen hatten, waren unschwer zu überblicken. Vor
vier Jahren war der kaiserliche Extrazug, der den Kaiser
nach Breslau gebracht hatte, vorübergejagt. In einer Winter-
nacht hatte der Schnellzug einen Rehbock überfahren. An
20 einem heißen Sommertage hatte Thiel bei seiner Streckenrevision eine verkorkte Weinflasche gefunden, die sich
glühendheiß anfaßte und deren Inhalt deshalb von ihm für
sehr gut gehalten wurde, weil er nach Entfernung des Korkes
einer Fontäne gleich herausquoll, also augenscheinlich
25 gegoren war. Diese Flasche, von Thiel in den seichten Rand
eines Waldsees gelegt, um abzukühlen, war von dort auf
irgendwelche Weise abhanden gekommen, so daß er noch
nach Jahren ihren Verlust bedauern mußte.

Einige Zerstreuung vermittelte dem Wärter ein Brunnen
30 dicht hinter seinem Häuschen. Von Zeit zu Zeit nahmen in
der Nähe beschäftigte Bahn- oder Telegraphenarbeiter einen
Trunk daraus, wobei natürlich ein kurzes Gespräch mit
unterlief. Auch der Förster kam zuweilen, um seinen Durst
zu löschen.

35 Tobias entwickelte sich nur langsam; erst gegen Ablauf
seines zweiten Lebensjahres lernte er notdürftig sprechen
und gehen. Dem Vater bewies er eine ganz besondere
Zuneigung. Wie er verständiger wurde, erwachte auch die
alte Liebe des Vaters wieder. In dem Maße, wie diese
40 zunahm, verringerte sich die Liebe der Stiefmutter zu Tobias
und schlug sogar in unverkennbare Abneigung um, als Lene
nach Verlauf eines neuen Jahres ebenfalls einen Jungen gebar.

Von da ab begann für Tobias eine schlimme Zeit. Er
wurde besonders in Abwesenheit des Vaters unaufhörlich
geplagt und mußte ohne die geringste Belohnung dafür seine
schwachen Kräfte im Dienste des kleinen Schreihalses
5 einsetzen, wobei er sich mehr und mehr aufrieb. Sein Kopf
bekam einen ungewöhnlichen Umfang; die brandroten
Haare und das kreidige Gesicht darunter machten einen
unschönen und im Verein mit der übrigen kläglichen Gestalt
erbarmungswürdigen Eindruck. Wenn sich der zurück-
10 gebliebene Tobias solchergestalt, das kleine, von Gesundheit
strotzende Brüderchen auf dem Arme, hinunter zur Spree
schleppte, so wurden hinter den Fenstern der Hütten
Verwünschungen laut, die sich jedoch niemals hervorwagten.
Thiel aber, welchen die Sache doch vor allem anging, schien
15 keine Augen für sie zu haben und wollte auch die Winke
nicht verstehen, welche ihm von wohlmeinenden Nachbars-
leuten gegeben wurden.

2

An einem Junimorgen gegen sieben Uhr kam Thiel aus
dem Dienst. Seine Frau hatte nicht so bald ihre Begrüßung
20 beendet, als sie schon in gewohnter Weise zu lamentieren
begann. Der Pachtacker, welcher bisher den Kartoffelbedarf
der Familie gedeckt hatte, war vor Wochen gekündigt
worden, ohne daß es Lenen bisher gelungen war, einen
Ersatz dafür ausfindig zu machen. Wenngleich nun die
25 Sorge um den Acker zu ihren Obliegenheiten gehörte, so
mußte doch Thiel ein Mal übers andere hören, daß niemand
als er daran schuld sei, wenn man in diesem Jahre zehn
Sack Kartoffeln für schweres Geld kaufen müsse. Thiel
brummte nur und begab sich, Lenens Reden wenig Beach-
30 tung schenkend, sogleich an das Bett seines Ältesten, welches
er in den Nächten, wo er nicht im Dienst war, mit ihm teilte.
Hier ließ er sich nieder und beobachtete mit einem sorglichen
Ausdruck seines guten Gesichts das schlafende Kind, welches
er, nachdem er die zudringlichen Fliegen eine Weile von ihm
35 abgehalten, schließlich weckte. In den blauen, tiefliegenden
Augen des Erwachenden malte sich eine rührende Freude.
Er griff hastig nach der Hand des Vaters, indes sich seine
Mundwinkel zu einem kläglichen Lächeln verzogen. Der
Wärter half ihm sogleich beim Anziehen der wenigen

Kleidungsstücke, wobei plötzlich etwas wie ein Schatten durch seine Mienen lief, als er bemerkte, daß sich auf der rechten, ein wenig angeschwollenen Backe einige Fingerspuren weiß in rot abzeichneten.

5 Als Lene beim Frühstück mit vergrößertem Eifer auf vorberegte Wirtschaftsangelegenheit zurückkam, schnitt er ihr das Wort ab mit der Nachricht, daß ihm der Bahnmeister ein Stück Land längs des Bahndammes in unmittelbarer Nähe des Wärterhauses umsonst überlassen habe, angeblich weil 10 es ihm, dem Bahnmeister, zu abgelegen sei.

Lene wollte das anfänglich nicht glauben. Nach und nach wichen jedoch ihre Zweifel, und nun geriet sie in merklich gute Laune. Ihre Fragen nach Größe und Güte des Ackers sowie andre mehr verschlangen sich förmlich, und als sie 15 erfuhr, daß bei alledem noch zwei Zwergobstbäume darauf stünden, wurde sie rein närrisch. Als nichts mehr zu erfragen übrigblieb, zudem die Türglocke des Krämers, die man, beiläufig gesagt, in jedem einzelnen Hause des Ortes vernehmen konnte, unaufhörlich anschlug, schoß sie davon, um 20 die Neuigkeit im Örtchen auszusprengen.

Während Lene in die dunkle, mit Waren überfüllte Kammer des Krämers kam, beschäftigte sich der Wärter daheim ausschließlich mit Tobias. Der Junge saß auf seinen Knien und spielte mit einigen Kiefernzapfen, die Thiel mit 25 aus dem Walde gebracht hatte.

„Was willst du werden?" fragte ihn der Vater, und diese Frage war stereotyp wie die Antwort des Jungen: „Ein Bahnmeister." Es war keine Scherzfrage, denn die Träume des Wärters verstiegen sich in der Tat in solche Höhen, und 30 er hegte allen Ernstes den Wunsch und die Hoffnung, daß aus Tobias mit Gottes Hilfe etwas Außergewöhnliches werden sollte. Sobald die Antwort „Ein Bahnmeister" von den blutlosen Lippen des Kleinen kam, der natürlich nicht wußte, was sie bedeuten sollte, begann Thiels Gesicht sich 35 aufzuhellen, bis es förmlich strahlte von innerer Glückseligkeit.

„Geh, Tobias, geh spielen!" sagte er kurz darauf, indem er eine Pfeife Tabak mit einem im Herdfeuer entzündeten Span in Brand steckte, und der Kleine drückte sich alsbald 40 in scheuer Freude zur Tür hinaus. Thiel entkleidete sich, ging zu Bett und entschlief, nachdem er geraume Zeit gedankenvoll die niedrige und rissige Stubendecke angestarrt

hatte. Gegen zwölf Uhr mittags erwachte er, kleidete sich
an und ging, während seine Frau in ihrer lärmenden Weise
das Mittagbrot bereitete, hinaus auf die Straße, wo er
Tobiaschen sogleich aufgriff, der mit den Fingern Kalk aus
5 einem Loche in der Wand kratzte und in den Mund steckte.
Der Wärter nahm ihn bei der Hand und ging mit ihm an
den etwa acht Häuschen des Ortes vorüber bis hinunter zur
Spree, die schwarz und glasig zwischen schwach belaubten
Pappeln lag. Dicht am Rande des Wassers befand sich ein
10 Granitblock, auf welchen Thiel sich niederließ.

Der ganze Ort hatte sich gewöhnt, ihn bei nur irgend
erträglichem Wetter an dieser Stelle zu erblicken. Die
Kinder besonders hingen an ihm, nannten ihn „Vater Thiel"
und wurden von ihm besonders in mancherlei Spielen
15 unterrichtet, deren er sich aus seiner Jugendzeit erinnerte.
Das Beste jedoch von dem Inhalt seiner Erinnerungen war
für Tobias. Er schnitzelte ihm Fitschepfeile, die höher
flogen als die aller anderen Jungen. Er schnitt ihm Weidenpfeifchen und ließ sich sogar herbei, mit seinem verrosteten
20 Baß das Beschwörungslied zu singen, während er mit dem
Horngriff seines Taschenmessers die Rinde leise klopfte.

Die Leute verübelten ihm seine Läppschereien; es war
ihnen unerfindlich, wie er sich mit den Rotznasen so viel
abgeben konnte. Im Grunde durften sie jedoch damit
25 zufrieden sein, denn die Kinder waren unter seiner Obhut
gut aufgehoben. Überdies nahm Thiel auch ernste Dinge
mit ihnen vor, hörte den Großen ihre Schulaufgaben ab,
half ihnen beim Lernen der Bibel- und Gesangbuchverse und
buchstabierte mit den Kleinen a—b—ab, d—u—du, und so
30 fort.

Nach dem Mittagessen legte sich der Wärter abermals zu
kurzer Ruhe nieder. Nachdem sie beendigt war, trank er
den Nachmittagskaffee und begann gleich darauf sich für
den Gang in den Dienst vorzubereiten. Er brauchte dazu,
35 wie zu allen seinen Verrichtungen, viel Zeit; jeder Handgriff
war seit Jahren geregelt; in stets gleicher Reihenfolge
wanderten die sorgsam auf der kleinen Nußbaumkommode
ausgebreiteten Gegenstände: Messer, Notizbuch, Kamm, ein
Pferdezahn, die alte eingekapselte Uhr, in die Taschen seiner
40 Kleider. Ein kleines, in rotes Papier eingeschlagenes
Büchelchen wurde mit besonderer Sorgfalt behandelt. Es
lag während der Nacht unter dem Kopfkissen des Wärters

und wurde am Tage von ihm stets in der Brusttasche des
Dienstrockes herumgetragen. Auf der Etikette unter dem
Umschlag stand in unbeholfenen, aber verschnörkelten
Schriftzügen, von Thiels Hand geschrieben: Sparkassenbuch
5 des Tobias Thiel.

Die Wanduhr mit dem langen Pendel und dem gelb-
süchtigen Zifferblatt zeigte dreiviertel fünf, als Thiel fortging.
Ein kleiner Kahn, sein Eigentum, brachte ihn über den
Fluß. Am jenseitigen Spreeufer blieb er einige Male stehen
10 und lauschte nach dem Ort zurück. Endlich bog er in einen
breiten Waldweg und befand sich nach wenigen Minuten
inmitten des tiefaufrauschenden Kiefernforstes, dessen
Nadelmassen einem schwarzgrünen, wellenwerfenden Meere
glichen. Unhörbar wie auf Filz schritt er über die feuchte
15 Moos- und Nadelschicht des Waldbodens. Er fand seinen
Weg ohne aufzublicken, hier durch die rostbraunen Säulen
des Hochwaldes, dort weiterhin durch dichtverschlungenes
Jungholz, noch weiter über ausgedehnte Schonungen, die
von einzelnen hohen und schlanken Kiefern überschattet
20 wurden, welche man zum Schutze für den Nachwuchs
aufbehalten hatte. Ein bläulicher, durchsichtiger, mit allerhand Düften geschwängerter Dunst stieg aus der Erde auf
und ließ die Formen der Bäume verwaschen erscheinen. Ein
schwerer, milchiger Himmel hing tief herab über die Baum-
25 wipfel. Krähenschwärme badeten gleichsam im Grau der
Luft, unaufhörlich ihre knarrenden Rufe ausstoßend.
Schwarze Wasserlachen füllten die Vertiefungen des Weges
und spiegelten die trübe Natur noch trüber wider.

Ein furchtbares Wetter, dachte Thiel, als er aus tiefem
30 Nachdenken erwachte und aufschaute.

Plötzlich jedoch bekamen seine Gedanken eine andere
Richtung. Er fühlte dunkel, daß er etwas daheim vergessen
haben müsse, und wirklich vermißte er beim Durchsuchen
seiner Taschen das Butterbrot, welches er der langen
35 Dienstzeit halber stets mitzunehmen genötigt war. Un-
schlüssig blieb er eine Weile stehen, wandte sich dann aber
plötzlich und eilte in der Richtung des Dorfes zurück.

In kurzer Zeit hatte er die Spree erreicht, setzte mit wenigen
kräftigen Ruderschlägen über und stieg gleich darauf, am
40 ganzen Körper schwitzend, die sanft ansteigende Dorfstraße
hinauf. Der alte, schäbige Pudel des Krämers lag mitten auf
der Straße. Auf dem geteerten Plankenzaune eines Kossäten-

hofes saß eine Nebelkrähe. Sie spreizte die Federn, schüttelte
sich, nickte, stieß ein ohrenzerreißendes krä krä aus und
erhob sich mit pfeifendem Flügelschlag, um sich vom
Winde in der Richtung des Forstes davontreiben zu
5 lassen.

Von den Bewohnern der kleinen Kolonie, etwa zwanzig
Fischern und Waldarbeitern mit ihren Familien, war nichts
zu sehen.

Der Ton einer kreischenden Stimme unterbrach die Stille
10 so laut und schrill, daß der Wärter unwillkürlich mit Laufen
innehielt. Ein Schwall heftig herausgestoßener, mißtönender
Laute schlug an sein Ohr, die aus dem offenen Giebelfenster
eines niedrigen Häuschens zu kommen schienen, welches er
nur zu wohl kannte.

15 Das Geräusch seiner Schritte nach Möglichkeit dämpfend,
schlich er sich näher und unterschied nun ganz deutlich die
Stimme seiner Frau. Nur noch wenige Bewegungen, und
die meisten ihrer Worte wurden ihm verständlich.

„Was, du unbarmherziger, herzloser Schuft! Soll sich das
20 elende Wurm die Plautze ausschreien vor Hunger? — wie?
Na, wart nur, wart, ich will dich lehren aufpassen! — du
sollst dran denken." Einige Augenblicke blieb es still; dann
hörte man ein Geräusch, wie wenn Kleidungsstücke ausge-
klopft würden; unmittelbar darauf entlud sich ein neues
25 Hagelwetter von Schimpfworten.

„Du erbärmlicher Grünschnabel", scholl es im schnellsten
Tempo herunter, „meinst du, ich sollte mein leibliches Kind
wegen solch einem Jammerlappen, wie du bist, verhungern
lassen? Halt's Maul!" schrie es, als ein leises Wimmern
30 hörbar wurde, „oder du sollst eine Portion kriegen, an der
du acht Tage zu fressen hast."

Das Wimmern verstummte nicht.

Der Wärter fühlte, wie sein Herz in schweren, unregel-
mäßigen Schlägen ging. Er begann leise zu zittern. Seine
35 Blicke hingen wie abwesend am Boden fest, und die plumpe
und harte Hand strich mehrmals ein Büschel nasser Haare
zur Seite, das immer von neuem in die sommersprossige
Stirn hineinfiel.

Einen Augenblick drohte es ihn zu überwältigen. Es war
40 ein Krampf, der die Muskeln schwellen machte und die
Finger der Hand zur Faust zusammenzog. Er ließ nach, und
dumpfe Mattigkeit blieb zurück.

Unsicheren Schrittes trat der Wärter in den engen, ziegelgepflasterten Hausflur. Müde und langsam erklomm er dieknarrende Holzstiege.

„Pfui, pfui, pfui!" hob es wieder an; dabei hörte man, wie
5 jemand dreimal hintereinander mit allen Zeichen der Wut und Verachtung ausspie. „Du erbärmlicher, niederträchtiger, hinterlistiger, hämischer, feiger, gemeiner Lümmel!" Die Worte folgten einander in steigender Betonung, und die Stimme, welche sie herausstieß, schnappte zuweilen über vor
10 Anstrengung. „Meinen Buben willst du schlagen, was? Du elende Göre unterstehst dich, das arme, hilflose Kind aufs Maul zu schlagen? — wie? — he, wie? — Ich will mich nur nicht dreckig machen an dir, sonst — ..."

In diesem Augenblick öffnete Thiel die Tür des Wohn-
15 zimmers, weshalb der erschrockenen Frau das Ende das begonnenen Satzes in der Kehle steckenblieb. Sie war kreidebleich vor Zorn; ihre Lippen zuckten bösartig; sie hatte die Rechte erhoben, senkte sie und griff nach dem Milchtopf, aus dem sie ein Kinderfläschchen zu füllen
20 versuchte. Sie ließ jedoch diese Arbeit, da der größte Teil der Milch über den Flaschenhals auf den Tisch rann, halb verrichtet, griff vollkommen fassungslos vor Erregung bald nach diesem, bald nach jenem Gegenstand, ohne ihn länger als einige Augenblicke festhalten zu können, und ermannte
25 sich endlich so weit, ihren Mann heftig anzulassen: was es denn heißen solle, daß er um diese ungewöhnliche Zeit nach Hause käme, er würde sie doch nicht etwa gar belauschen wollen; „das wäre noch das Letzte", meinte sie, und gleich darauf: sie habe ein reines Gewissen und brauche vor niemand
30 die Augen niederzuschlagen.

Thiel hörte kaum, was sie sagte. Seine Blicke streiften flüchtig das heulende Tobiaschen. Einen Augenblick schien es, als müsse er gewaltsam etwas Furchtbares zurückhalten, was in ihm aufstieg; dann legte sich über die gespannten
35 Mienen plötzlich das alte Phlegma, von einem verstohlenen begehrlichen Aufblitzen der Augen seltsam belebt. Sekundenlang spielte sein Blick über den starken Gliedmaßen seines Weibes, das, mit abgewandtem Gesicht herumhantierend, noch immer nach Fassung suchte. Ihre vollen,
40 halbnackten Brüste blähten sich vor Erregung und drohten das Mieder zu sprengen, und ihre aufgerafften Röcke ließen die breiten Hüften noch breiter erscheinen. Eine Kraft

schien von dem Weibe auszugehen, unbezwingbar, unentrinnbar, der Thiel sich nicht gewachsen fühlte.
Leicht gleich einem feinen Spinngewebe und doch fest wie
ein Netz von Eisen legte es sich um ihn, fesselnd, über-
windend, erschlaffend. Er hätte in diesem Zustand überhaupt
kein Wort an sie zu richten vermocht, am allerwenigsten ein
hartes, und so mußte Tobias, der in Tränen gebadet und
verängstet in einer Ecke hockte, sehen, wie der Vater, ohne
sich auch nur weiter nach ihm umzuschauen, das vergeßne
10 Brot von der Ofenbank nahm, es der Mutter als einzige
Erklärung hinhielt und mit einem kurzen, zerstreuten
Kopfnicken sogleich wieder verschwand.

3

Obgleich Thiel den Weg in seine Waldeinsamkeit mit
möglichster Eile zurücklegte, kam er doch erst fünfzehn
15 Minuten nach der ordnungsmäßigen Zeit an den Ort seiner
Bestimmung.
Der Hilfswärter, ein infolge des bei seinem Dienst
unumgänglichen schnellen Temperaturwechsels schwindsüchtig gewordener Mensch, der mit ihm im Dienst
20 abwechselte, stand schon fertig zum Aufbruch auf der
kleinen, sandigen Plattform des Häuschens, dessen große
Nummer schwarz auf weiß weithin durch die Stämme
leuchtete.
Die beiden Männer reichten sich die Hände, machten sich
25 einige kurze Mitteilungen und trennten sich. Der eine
verschwand im Innern der Bude, der andere ging quer über
die Strecke, die Fortsetzung der Straße benutzend, welche
Thiel gekommen war. Man hörte sein krampfhaftes Husten
erst näher, dann ferner durch die Stämme, und mit ihm
30 verstummte der einzige menschliche Laut in dieser Einöde.
Thiel begann wie immer so auch heute damit, das enge,
viereckige Steingebauer der Wärterbude auf seine Art für
die Nacht herzurichten. Er tat es mechanisch, während sein
Geist mit dem Eindruck der letzten Stunden beschäftigt war.
35 Er legte sein Abendbrot auf den schmalen, braungestrichenen
Tisch an einem der beiden schlitzartigen Seitenfenster, von
denen aus man die Strecke bequem übersehen konnte.
Hierauf entzündete er in dem kleinen, rostigen Öfchen ein
Feuer und stellte einen Topf kalten Wassers darauf. Nach-

dem er schließlich noch in die Gerätschaften, Schaufel, Spaten, Schraubstock und so weiter, einige Ordnung gebracht hatte, begab er sich ans Putzen seiner Laterne, die er zugleich mit frischem Petroleum versorgte.

5 Als dies geschehen war, meldete die Glocke mit drei schrillen Schlägen, die sich wiederholten, daß ein Zug in der Richtung von Breslau her aus der nächstliegenden Station abgelassen sei. Ohne die mindeste Hast zu zeigen, blieb Thiel noch eine gute Weile im Innern der Bude, trat endlich,
10 Fahne und Patronentasche in der Hand, langsam ins Freie und bewegte sich trägen und schlurfenden Ganges über den schmalen Sandpfad, dem etwa zwanzig Schritt entfernten Bahnübergang zu. Seine Barrieren schloß und öffnete Thiel vor und nach jedem Zuge gewissenhaft, obgleich der Weg
15 nur selten von jemand passiert wurde.

Er hatte seine Arbeit beendet und lehnte jetzt wartend an der schwarzweißen Sperrstange.

Die Strecke schnitt rechts und links gradlinig in den unabsehbaren, grünen Forst hinein; zu ihren beiden Seiten
20 stauten die Nadelmassen gleichsam zurück, zwischen sich eine Gasse freilassend, die der rötlichbraune, kiesbestreute Bahndamm ausfüllte. Die schwarzen, parallellaufenden Geleise darauf glichen in ihrer Gesamtheit einer ungeheuren, eisernen Netzmasche, deren schmale Strähnen sich im
25 äußersten Süden und Norden in einem Punkte des Horizontes zusammenzogen.

Der Wind hatte sich erhoben und trieb leise Wellen den Waldrand hinunter und in die Ferne hinein. Aus den Telegraphenstangen, die die Strecke begleiteten, tönten
30 summende Akkorde. Auf den Drähten, die sich wie das Gewebe einer Riesenspinne von Stange zu Stange fortrankten, klebten in dichten Reihen Scharen zwitschernder Vögel. Ein Specht flog lachend über Thiels Kopf weg, ohne daß er eines Blickes gewürdigt wurde.

35 Die Sonne, welche soeben unter dem Rande mächtiger Wolken herabhing, um in das schwarzgrüne Wipfelmeer zu versinken, goß Ströme von Purpur über den Forst. Die Säulenarkaden der Kiefernstämme jenseits des Dammes entzündeten sich gleichsam von innen heraus und glühten
40 wie Eisen.

Auch die Geleise begannen zu glühen, feurigen Schlangen gleich; aber sie erloschen zuerst. Und nun stieg die Glut

D

langsam vom Erdboden in die Höhe, erst die Schäfte der Kiefern, weiter den größten Teil ihrer Kronen in kaltem Verwesungslichte zurücklassend, zuletzt nur noch den äußersten Rand der Wipfel mit einem rötlichen Schimmer streifend. Lautlos und feierlich vollzog sich das erhabene Schauspiel. Der Wärter stand noch immer regungslos an der Barriere. Endlich trat er einen Schritt vor. Ein dunkler Punkt am Horizont, da wo die Geleise sich trafen, vergrößerte sich. Von Sekunde zu Sekunde wachsend, schien er doch auf einer Stelle zu stehen. Plötzlich bekam er Bewegung und näherte sich. Durch die Geleise ging ein Vibrieren und Summen, ein rhythmisches Geklirr, ein dumpfes Getöse, das, lauter und lauter werdend, zuletzt den Hufschlägen eines heranbrausenden Reitergeschwaders nicht unähnlich war.

Ein Keuchen und Brausen schwoll stoßweise fernher durch die Luft. Dann plötzlich zerriß die Stille. Ein rasendes Tosen und Toben erfüllte den Raum, die Geleise bogen sich, die Erde zitterte — ein starker Luftdruck — eine Wolke von Staub, Dampf und Qualm, und das schwarze, schnaubende Ungetüm war vorüber. So wie sie anwuchsen, starben nach und nach die Geräusche. Der Dunst verzog sich. Zum Punkte eingeschrumpft, schwand der Zug in der Ferne, und das alte heil'ge Schweigen schlug über dem Waldwinkel zusammen.

„Minna", flüsterte der Wärter wie aus einem Traum erwacht und ging nach seiner Bude zurück. Nachdem er sich einen dünnen Kaffee aufgebrüht, ließ er sich nieder und starrte, von Zeit zu Zeit einen Schluck zu sich nehmend, auf ein schmutziges Stück Zeitungspapier, das er irgendwo an der Strecke aufgelesen.

Nach und nach überkam ihn eine seltsame Unruhe. Er schob es auf die Backofenglut, welche das Stübchen erfüllte und riß Rock und Weste auf, um sich zu erleichtern. Wie das nichts half, erhob er sich, nahm einen Spaten aus der Ecke und begab sich auf das geschenkte Äckerchen.

Es war ein schmaler Streifen Sandes, von Unkraut dich überwuchert. Wie schneeweißer Schaum lag die jung Blütenpracht auf den Zweigen der beiden Zwergobstbäumchen, welche darauf standen.

Thiel wurde ruhig, und ein stilles Wohlgefallen beschlich ihn.

Nun also an die Arbeit.

Der Spaten schnitt knirschend in das Erdreich; die nassen
5 Schollen fielen dumpf zurück und bröckelten auseinander.
Eine Zeitlang grub er ohne Unterbrechung. Dann hielt er
plötzlich inne und sagte laut und vernehmlich vor sich hin,
indem er dazu bedenklich den Kopf hin und her wiegte:
„Nein, nein, das geht ja nicht", und wieder: „Nein, nein,
10 das geht ja gar nicht."

Es war ihm plötzlich eingefallen, daß ja nun Lene des
öftern herauskommen würde, um den Acker zu bestellen,
wodurch dann die hergebrachte Lebensweise in bedenkliche
Schwankungen geraten mußte. Und jäh verwandelte sich
15 seine Freude über den Besitz des Ackers in Widerwillen.
Hastig, wie wenn er etwas Unrechtes zu tun im Begriff
gestanden hätte, riß er den Spaten aus der Erde und trug
ihn nach der Bude zurück. Hier versank er abermals in
dumpfe Grübelei. Er wußte kaum, warum, aber die Aussicht,
20 Lene ganze Tage lang bei sich im Dienst zu haben, wurde
ihm, so sehr er auch versuchte, sich damit zu versöhnen,
immer unerträglicher. Es kam ihm vor, als habe er etwas ihm
Wertes zu verteidigen, als versuchte jemand, sein Heiligstes
anzutasten, und unwillkürlich spannten sich seine Muskeln
25 in gelindem Krampfe, während ein kurzes, herausforderndes
Lachen seinen Lippen entfuhr. Vom Widerhall dieses
Lachens erschreckt, blickte er auf und verlor dabei den Faden
seiner Betrachtungen. Als er ihn wiedergefunden, wühlte er
sich gleichsam in den alten Gegenstand.

30 Und plötzlich zerriß etwas wie ein dichter, schwarzer
Vorhang in zwei Stücke, und seine umnebelten Augen
gewannen einen klaren Ausblick. Es war ihm auf einmal
zumute, als erwache er aus einem zweijährigen totenähnlichen
Schlaf und betrachte nun mit ungläubigem Kopfschütteln all
35 das Haarsträubende, welches er in diesem Zustand begangen
haben sollte. Die Leidensgeschichte seines Ältesten, welche
die Eindrücke der letzten Stunden nur noch hatten besiegeln
können, trat deutlich vor seine Seele. Mitleid und Reue
ergriff ihn, sowie auch eine tiefe Scham darüber, daß er diese
40 ganze Zeit in schmachvoller Duldung hingelebt hatte, ohne
sich des lieben, hilflosen Geschöpfes anzunehmen, ja ohne nur
die Kraft zu finden, sich einzugestehen, wie sehr dieses litt.

Über den selbstquälerischen Vorstellungen all seiner
Unterlassungssünden überkam ihn eine schwere Müdigkeit,
und so entschlief er mit gekrümmtem Rücken, die Stirn auf
die Hand, diese auf den Tisch gelegt.

5   Eine Zeitlang hatte er so gelegen, als er mit erstickter
Stimme mehrmals den Namen „Minna" rief.

Ein Brausen und Sausen füllte sein Ohr, wie von un-
ermeßlichen Wassermassen; es wurde dunkel um ihn, er riß
die Augen auf und erwachte. Seine Glieder flogen, der
10 Angstschweiß drang ihm aus allen Poren, sein Puls ging
unregelmäßig, sein Gesicht war naß von Tränen.

Es war stockdunkel. Er wollte einen Blick nach der Tür
werfen, ohne zu wissen, wohin er sich wenden sollte.
Taumelnd erhob er sich, noch immer währte seine Herzens-
15 angst. Der Wald draußen rauschte wie Meeresbrandung,
der Wind warf Hagel und Regen gegen die Fenster des
Häuschens. Thiel tastete ratlos mit den Händen umher.
Einen Augenblick kam er sich vor wie ein Ertrinkender —
da plötzlich flammte es bläulich blendend auf, wie wenn
20 Tropfen überirdischen Lichtes in die dunkle Erdatmosphäre
herabsänken, um sogleich von ihr erstickt zu werden.

Der Augenblick genügte, um den Wärter zu sich selbst zu
bringen. Er griff nach seiner Laterne, die er glücklich zu
fassen bekam, und in diesem Augenblick erwachte der
25 Donner am fernsten Saume des märkischen Nachthimmels.
Erst dumpf und verhalten grollend, wälzte er sich näher in
kurzen, brandenden Erzwellen, bis er, zu Riesenstößen
anwachsend, sich endlich, die ganze Atmosphäre überflutend,
dröhnend, schütternd und brausend entlud.

30 Die Scheiben klirrten, die Erde erbebte.

Thiel hatte Licht gemacht. Sein erster Blick, nachdem er
die Fassung wieder gewonnen, galt der Uhr. Es lagen kaum
fünf Minuten zwischen jetzt und der Ankunft des Schnell-
zuges. Da er glaubte, das Signal überhört zu haben, begab
35 er sich, so schnell als Sturm und Dunkelheit erlaubten, nach
der Barriere. Als er noch damit beschäftigt war, diese zu
schließen, erklang die Signalglocke. Der Wind zerriß ihre
Töne und warf sie nach allen Richtungen auseinander. Die
Kiefern bogen sich und rieben unheimlich knarrend und
40 quietschend ihre Zweige aneinander. Einen Augenblick
wurde der Mond sichtbar, wie er gleich einer blaßgoldnen
Schale zwischen der Wolken lag. In seinem Lichte sah man

das Wühlen des Windes in den schwarzen Kronen der
Kiefern. Die Blattgehänge der Birken am Bahndamm
wehten und flatterten wie gespenstige Roßschweife. Darunter lagen die Linien der Geleise, welche, vor Nässe glänzend,
5 das blasse Mondlicht in einzelnen Flecken aufsogen.

Thiel riß die Mütze vom Kopfe. Der Regen tat ihm wohl
und lief vermischt mit Tränen über sein Gesicht. Es gärte
in seinem Hirn; unklare Erinnerungen an das, was er im
Traum gesehen, verjagten einander. Es war ihm gewesen,
10 als würde Tobias von jemand mißhandelt, und zwar auf eine
so entsetzliche Weise, daß ihm noch jetzt bei dem Gedanken
daran das Herz stille stand. Einer anderen Erscheinung
erinnerte er sich deutlicher. Er hatte seine verstorbene Frau
gesehen. Sie war irgendwoher aus der Ferne gekommen, auf
15 einem der Bahngeleise. Sie hatte recht kränklich ausgesehen,
und statt der Kleider hatte sie Lumpen getragen. Sie war an
Thiels Häuschen vorübergekommen, ohne sich darnach
umzuschauen, und schließlich — hier wurde die Erinnerung
undeutlich — war sie aus irgendwelchem Grunde nur mit
20 großer Mühe vorwärtsgekommen und sogar mehrmals
zusammengebrochen.

Thiel dachte weiter nach, und nun wußte er, daß sie sich
auf der Flucht befunden hatte. Es lag außer allem Zweifel,
denn weshalb hätte sie sonst diese Blicke voll Herzensangst
25 nach rückwärts gesandt und sich weitergeschleppt, obgleich
ihr die Füße den Dienst versagten. O diese entsetzlichen
Blicke!

Aber es war etwas, das sie mit sich trug, in Tücher
gewickelt, etwas Schlaffes, Blutiges, Bleiches, und die Art,
30 mit der sie darauf niederblickte, erinnerte ihn an Szenen der
Vergangenheit.

Er dachte an eine sterbende Frau, die ihr kaum geborenes
Kind, das sie zurücklassen mußte, unverwandt anblickte, mit
einem Ausdruck, den Thiel ebensowenig vergessen konnte,
35 wie daß er einen Vater und eine Mutter habe.

Wo war sie hingekommen? Er wußte es nicht. Das aber
trat ihm klar vor die Seele: sie hatte sich von ihm losgesagt,
ihn nicht beachtet, sie hatte sich fortgeschleppt immer weiter
und weiter durch die stürmische, dunkle Nacht. Er hatte sie
40 gerufen: „Minna, Minna", und davon war er erwacht.

Zwei rote, runde Lichter durchdrangen wie die Glotzaugen
eines riesigen Ungetüms die Dunkelheit. Ein blutiger Schein

ging vor ihnen her, der die Regentropfen in seinem Bereich
in Blutstropfen verwandelte. Es war, als fiele ein Blutregen
vom Himmel.

Thiel fühlte ein Grauen, und je näher der Zug kam, eine
5 um so größere Angst; Traum und Wirklichkeit verschmolzen
ihm in eins. Noch immer sah er das wandernde Weib auf den
Schienen, und seine Hand irrte nach der Patronentasche, als
habe er die Absicht, den rasenden Zug zum Stehen zu
bringen. Zum Glück war es zu spät, denn schon flirrte es
10 vor Thiels Augen von Lichtern, und der Zug raste vorüber.

Den übrigen Teil der Nacht fand Thiel wenig Ruhe mehr
in seinem Dienst. Es drängte ihn, daheim zu sein. Er sehnte
sich, Tobiaschen wiederzusehen. Es war ihm zumute, als sei
er durch Jahre von ihm getrennt gewesen. Zuletzt war er,
15 in steigender Bekümmernis um das Befinden des Jungen,
mehrmals versucht, den Dienst zu verlassen.

Um die Zeit hinzubringen, beschloß Thiel, sobald es
dämmerte, seine Strecke zu revidieren. In der Linken einen
Stock, in der Rechten einen langen, eisernen Schraubschlüssel,
20 schritt er denn auch alsbald auf dem Rücken einer Bahnschiene in das schmutziggraue Zwielicht hinein.

Hin und wieder zog er mit dem Schraubschlüssel einen
Bolzen fest oder schlug an eine der runden Eisenstangen,
welche die Geleise untereinander verbanden.

25 Regen und Wind hatten nachgelassen, und zwischen
zerschlissenen Wolkenschichten wurden hie und da Stücke
eines blaßblauen Himmels sichtbar.

Das eintönige Klappen der Sohlen auf dem harten Metall,
verbunden mit dem schläfrigen Geräusch der tropfen-
30 schüttelnden Bäume, beruhigte Thiel nach und nach.

Um sechs Uhr früh wurde er abgelöst und trat ohne
Verzug den Heimweg an.

Es war ein herrlicher Sonntagmorgen.

Die Wolken hatten sich zerteilt und waren mittlerweile
35 hinter den Umkreis des Horizontes hinabgesunken. Die
Sonne goß, im Aufgehen gleich einem ungeheuren, blutroten
Edelstein funkelnd, wahre Lichtmassen über den Forst.

In scharfen Linien schossen die Strahlenbündel durch das
Gewirr der Stämme, hier eine Insel zarter Farnkräuter, deren
40 Wedel feingeklöppelten Spitzen glichen, mit Glut be-
hauchend, dort die silbergrauen Flechten des Waldgrundes
zu roten Korallen umwandelnd.

Von Wipfeln, Stämmen und Gräsern floß der Feuertau.
Eine Sintflut von Licht schien über die Erde ausgegossen.
Es lag eine Frische in der Luft, die bis ins Herz drang, und
auch hinter Thiels Stirn mußten die Bilder der Nacht
5 allmählich verblassen.

Mit dem Augenblick jedoch, wo er in die Stube trat und
Tobiaschen rotwangiger als je im sonnenbeschienenen Bette
liegen sah, waren sie ganz verschwunden.

Wohl wahr! Im Verlauf des Tages glaubte Lene mehrmals
10 etwas Befremdliches an ihm wahrzunehmen; so im Kirch-
stuhl, als er, statt ins Buch zu schauen, sie selbst von der
Seite betrachtete, und dann auch um die Mittagszeit, als er,
ohne ein Wort zu sagen, das Kleine, welches Tobias wie
gewöhnlich auf die Straße tragen sollte, aus dessen Arm
15 nahm und ihr auf den Schoß setzte. Sonst aber hatte er nicht
das geringste Auffällige an sich.

Thiel, der den Tag über nicht dazu gekommen war, sich
niederzulegen, kroch, da er die folgende Woche Tagdienst
hatte, bereits gegen neun Uhr abends ins Bett. Gerade als
20 er im Begriff war einzuschlafen, eröffnete ihm die Frau, daß
sie am folgenden Morgen mit nach dem Walde gehen werde,
um das Land umzugraben und Kartoffeln zu stecken.

Thiel zuckte zusammen; er war ganz wach geworden, hielt
jedoch die Augen fest geschlossen.

25 Es sei die höchste Zeit, meinte Lene, wenn aus den
Kartoffeln noch etwas werden sollte, und fügte bei, daß sie
die Kinder werde mitnehmen müssen, da vermutlich der
ganze Tag draufgehen würde. Der Wärter brummte einige
unverständliche Worte, die Lene weiter nicht beachtete. Sie
30 hatte ihm den Rücken gewandt und war beim Scheine eines
Talglichtes damit beschäftigt, das Mieder aufzunesteln und
die Röcke herabzulassen.

Plötzlich fuhr sie herum, ohne selbst zu wissen, aus
welchem Grunde, und blickte in das von Leidenschaften
35 verzerrte, erdfarbene Gesicht ihres Mannes, der sie, halbaufgerichtet, die Hände auf der Bettkante, mit brennenden
Augen anstarrte.

„Thiel!" — schrie die Frau halb zornig, halb erschreckt,
und wie ein Nachtwandler, den man bei Namen ruft,
40 erwachte er aus seiner Betäubung, stotterte einige verwirrte
Worte, warf sich in die Kissen zurück und zog das Deckbett
über die Ohren.

Lene war die erste, welche sich am folgenden Morgen vom Bett erhob. Ohne dabei Lärm zu machen, bereitete sie alles Nötige für den Ausflug vor. Der Kleinste wurde in den Kinderwagen gelegt, darauf Tobias geweckt und angezogen. 5 Als er erfuhr, wohin es gehen sollte, mußte er lächeln. Nachdem alles bereit war und auch der Kaffee fertig auf dem Tisch stand, erwachte Thiel. Mißbehagen war sein erstes Gefühl beim Anblick all der getroffenen Vorbereitungen. Er hätte wohl gern ein Wort dagegen gesagt, aber er wußte 10 nicht, womit beginnen. Und welche für Lene stichhaltigen Gründe hätte er auch angeben sollen?

Allmählich begann dann das mehr und mehr strahlende Gesichtchen seinen Einfluß auf Thiel auszuüben, so daß er schließlich schon um der Freude willen, welche dem Jungen 15 der Ausflug bereitete, nicht daran denken konnte, Widerspruch zu erheben. Nichtsdestoweniger blieb Thiel während der Wanderung durch den Wald nicht frei von Unruhe. Er stieß das Kinderwägelchen mühsam durch den tiefen Sand und hatte allerhand Blumen darauf liegen, die Tobias 20 gesammelt hatte.

Der Junge war ausnehmend lustig. Er hüpfte in seinem braunen Plüschmützchen zwischen den Farnkräutern umher und suchte auf eine freilich etwas unbeholfene Art die glasflügligen Libellen zu fangen, die darüber hingaukelten. 25 Sobald man angelangt war, nahm Lene den Acker in Augenschein. Sie warf das Säckchen mit Kartoffelstücken, welche sie zur Saat mitgebracht hatte, auf den Grasrand eines kleinen Birkengehölzes, kniete nieder und ließ den etwas dunkel gefärbten Sand durch ihre harten Finger laufen.

30 Thiel beobachtete sie gespannt: „Nun, wie ist er?"

„Reichlich so gut wie die Spree-Ecke!" Dem Wärter fiel eine Last von der Seele. Er hatte gefürchtet, sie würde unzufrieden sein, und kratzte beruhigt seine Bartstoppeln.

Nachdem die Frau hastig eine dicke Brotkante verzehrt 35 hatte, warf sie Tuch und Jacke fort und begann zu graben, mit der Geschwindigkeit und Ausdauer einer Maschine.

In bestimmten Zwischenräumen richtete sie sich auf und holte in tiefen Zügen Luft, aber es war jeweilig nur ein Augenblick, wenn nicht etwa das Kleine gestillt werden 40 mußte, was mit keuchender, schweißtropfender Brust hastig geschah.

„Ich muß die Strecke belaufen, ich werde Tobias mit-

nehmen", rief der Wärter nach einer Weile von der Plattform
vor der Bude aus zu ihr herüber.

„Ach was — Unsinn!" schrie sie zurück, „wer soll bei
dem Kleinen bleiben? — Hierher kommst du!" setzte sie
5 noch lauter hinzu, während der Wärter, als ob er sie nicht
hören könnte, mit Tobiaschen davonging.

Im ersten Augenblick erwog sie, ob sie nicht nachlaufen
solle, und nur der Zeitverlust bestimmte sie, davon
abzustehen. Thiel ging mit Tobias die Strecke entlang. Der
10 Kleine war nicht wenig erregt; alles war ihm neu, fremd. Er
begriff nicht, was die schmalen, schwarzen, vom Sonnenlicht
erwärmten Schienen zu bedeuten hatten. Unaufhörlich tat
er allerhand sonderbare Fragen. Vor allem verwunderlich
war ihm das Klingen der Telegraphenstangen. Thiel kannte
15 den Ton jeder einzelnen seines Reviers, so daß er mit geschlossenen Augen stets gewußt haben würde, in welchem
Teil der Strecke er sich gerade befand.

Oft blieb er, Tobiaschen an der Hand, stehen, um den
wunderbaren Lauten zu lauschen, die aus dem Holze wie
20 sonore Choräle aus dem Innern einer Kirche hervorströmten.
Die Stange am Südende des Reviers hatte einen besonders
vollen und schönen Akkord. Es war ein Gewühl von Tönen
in ihrem Innern, die ohne Unterbrechung gleichsam in einem
Atem fortklangen, und Tobias lief rings um das verwitterte
25 Holz, um, wie er glaubte, durch eine Öffnung die Urheber
des lieblichen Getöns zu entdecken. Der Wärter wurde
weihevoll gestimmt, ähnlich wie in der Kirche. Zudem
unterschied er mit der Zeit eine Stimme, die ihn an seine
verstorbene Frau erinnerte. Er stellte sich vor, es sei ein
30 Chor seliger Geister, in den sie ja auch ihre Stimme mische,
und diese Vorstellung erweckte in ihm eine Sehnsucht, eine
Rührung bis zu Tränen.

Tobias verlangte nach den Blumen, die seitab standen, und
Thiel, wie immer, gab ihm nach.
35 Stücke blauen Himmels schienen auf den Boden des
Haines herabgesunken, so wunderbar dicht standen kleine,
blaue Blüten darauf. Farbigen Wimpeln gleich flatterten und
gaukelten die Schmetterlinge lautlos zwischen dem leuch-
tenden Weiß der Stämme, indes durch die zartgrünen
40 Blätterwolken der Birkenkronen ein sanftes Rieseln ging.

Tobias rupfte Blumen, und der Vater schaute ihm sinnend
zu. Zuweilen erhob sich auch der Blick des letzteren und

suchte durch die Lücken der Blätter den Himmel, der wie
eine riesige, makellos blaue Kristallschale das Goldlicht der
Sonne auffing.

„Vater, ist das der liebe Gott?" fragte der Kleine plötzlich,
5 auf ein braunes Eichhörnchen deutend, das unter kratzenden
Geräuschen am Stamme einer alleinstehenden Kiefer hinan-
huschte.

„Närrischer Kerl", war alles, was Thiel erwidern konnte,
während losgerissene Borkenstückchen den Stamm herunter
10 vor seine Füße fielen.

Die Mutter grub noch immer, als Thiel und Tobias
zurückkamen. Die Hälfte des Ackers war bereits um-
geworfen.

Die Bahnzüge folgten einander in kurzen Zwischenräumen,
15 und Tobias sah sie jedesmal mit offenem Munde vorüber-
toben.

Die Mutter selbst hatte ihren Spaß an seinen drolligen
Grimassen.

Das Mittagessen, bestehend aus Kartoffeln und einem
20 Restchen kalten Schweinebratens, verzehrte man in der
Bude. Lene war aufgeräumt, und auch Thiel schien sich in
das Unvermeidliche mit gutem Anstand fügen zu wollen. Er
unterhielt seine Frau während des Essens mit allerlei Dingen,
die in seinen Beruf schlugen. So fragte er sie, ob sie sich
25 denken könne, daß in einer einzigen Bahnschiene sechsund-
vierzig Schrauben säßen, und anderes mehr.

Am Vormittage war Lene mit Umgraben fertig geworden;
am Nachmittag sollten die Kartoffeln gesteckt werden. Sie
bestand darauf, daß Tobias jetzt das Kleine warte, und nahm
30 ihn mit sich.

„Paß auf . . .", rief Thiel ihr nach, von plötzlicher
Besorgnis ergriffen, „paß auf, daß er den Geleisen nicht zu
nahe kommt."

Ein Achselzucken Lenens war die Antwort.

35   Der schlesische Schnellzug war gemeldet, und Thiel
mußte auf seinen Posten. Kaum stand er dienstfertig an der
Barriere, so hörte er ihn auch schon heranbrausen.

Der Zug wurde sichtbar — er kam näher — in unzähl-
baren, sich überhastenden Stößen fauchte der Dampf aus
40 dem schwarzen Maschinenschlote. Da: ein — zwei — drei
milchweiße Dampfstrahlen quollen kerzengerade empor, und

gleich darauf brachte die Luft den Pfiff der Maschine
getragen. Dreimal hintereinander, kurz, grell, beängstigend.
Sie bremsen, dachte Thiel, warum nur? Und wieder gellten
die Notpfiffe schreiend, den Widerhall weckend, diesmal in
5 langer, ununterbrochener Reihe.

Thiel trat vor, um die Strecke überschauen zu können.
Mechanisch zog er die rote Fahne aus dem Futteral und
hielt sie gerade vor sich hin über die Geleise. — Jesus
Christus — war er blind gewesen? Jesus Christus — o Jesus,
10 Jesus, Jesus Christus! was war das? Dort! — dort zwischen
den Schienen... „Halt!" schrie der Wärter aus Leibeskräften. Zu spät. Eine dunkle Masse war unter den Zug
geraten und wurde zwischen den Rädern wie ein Gummiball
hin und her geworfen. Noch einige Augenblicke, und man
15 hörte das Knarren und Quietschen der Bremsen. Der Zug
stand.

Die einsame Strecke belebte sich. Zugführer und Schaffner
rannten über den Kies nach dem Ende des Zuges. Aus
jedem Fenster blickten neugierige Gesichter, und jetzt — die
20 Menge knäulte sich und kam nach vorn.

Thiel keuchte; er mußte sich festhalten, um nicht um-
zusinken wie ein gefällter Stier. Wahrhaftig, man winkt
ihm — „Nein!"

Ein Aufschrei zerreißt die Luft von der Unglücksstelle
25 her, ein Geheul folgt, wie aus der Kehle eines Tieres kommend. Wer war das?! Lene?! Es war nicht ihre Stimme,
und doch...

Ein Mann kommt in Eile die Strecke herauf.

„Wärter!"

30 „Was gibt's!"

„Ein Unglück!" .... Der Bote schrickt zurück, denn des
Wärters Augen spielen seltsam. Die Mütze sitzt schief, die
roten Haare scheinen sich aufzubäumen.

„Er lebt noch, vielleicht ist noch Hilfe."

35 Ein Röcheln ist die einzige Antwort.

„Kommen Sie schnell, schnell!"

Thiel reißt sich auf mit gewaltiger Anstrengung. Seine
schlaffen Muskeln spannen sich; er richtet sich hoch auf, sein
Gesicht ist blöd und tot.

40 Er rennt mit dem Boten, er sieht nicht die todbleichen,
erschreckten Gesichter der Reisenden in den Zugfenstern.
Eine junge Frau schaut heraus, ein Handlungsreisender im

Fez, ein junges Paar, anscheinend auf der Hochzeitsreise.
Was geht's ihn an? Er hat sich nie um den Inhalt dieser
Polterkasten gekümmert; — sein Ohr füllt das Geheul
Lenens. Vor seinen Augen schwimmt es durcheinander,
5 gelbe Punkte, Glühwürmchen gleich, unzählig. Er schrickt
zurück — er steht. Aus dem Tanze der Glühwürmchen tritt
es hervor, blaß, schlaff, blutrünstig. Eine Stirn, braun und
blau geschlagen, blaue Lippen, über die schwarzes Blut
tröpfelt. Er ist es.

10 Thiel spricht nicht. Sein Gesicht nimmt eine schmutzige
Blässe an. Er lächelt wie abwesend; endlich beugt er sich;
er fühlt die schlaffen, toten Gliedmaßen schwer in seinen
Armen; die rote Fahne wickelt sich darum.
Er geht.
15 Wohin?
„Zum Bahnarzt, zum Bahnarzt", tönt es durcheinander.
„Wir nehmen ihn gleich mit", ruft der Packmeister und
macht in seinem Wagen aus Dienströcken und Büchern ein
Lager zurecht. „Nun also?"
20 Thiel macht keine Anstalten, den Verunglückten loszu-
lassen. Man drängt in ihn. Vergebens. Der Packmeister
läßt eine Bahre aus dem Packwagen reichen und beordert
einen Mann, dem Vater beizustehen.
Die Zeit ist kostbar. Die Pfeife des Zugführers trillert.
25 Münzen regnen aus den Fenstern.
Lene gebärdet sich wie wahnsinnig. „Das arme, arme
Weib", heißt es in den Coupés, „die arme, arme Mutter."
Der Zugführer trillert abermals — ein Pfiff — die Maschine
stößt weiße, zischende Dämpfe aus ihren Zylindern und
30 streckt ihre eisernen Sehnen; einige Sekunden und der
Kurierzug braust mit wehender Rauchfahne in doppelter
Geschwindigkeit durch den Forst.
Der Wärter, anderen Sinnes geworden, legt den halbtoten
Jungen auf die Bahre. Da liegt er da in seiner verkommenen
35 Körpergestalt, und hin und wieder hebt ein langer, rasselnder
Atemzug die knöcherne Brust, welche unter dem zerfetzten
Hemd sichtbar wird. Die Ärmchen und Beinchen, nicht nur
in den Gelenken gebrochen, nehmen die unnatürlichsten
Stellungen ein. Die Ferse des kleinen Fußes ist nach vorn
40 gedreht. Die Arme schlottern über den Rand der Bahre.
Lene wimmert in einem fort; jede Spur ihres einstigen
Trotzes ist aus ihrem Wesen gewichen. Sie wiederholt

fortwährend eine Geschichte, die sie von jeder Schuld an
dem Vorfall reinwaschen soll.

Thiel scheint sie nicht zu beachten; mit entsetzlich bangem
Ausdruck haften seine Augen an dem Kinde.

5 Es ist still ringsum geworden, totenstill; schwarz und heiß
ruhen die Geleise auf dem blendenden Kies. Der Mittag hat
die Winde erstickt, und regungslos, wie aus Stein, steht der
Forst.

Die Männer beraten sich leise. Man muß, um auf dem
10 schnellsten Wege nach Friedrichshagen zu kommen, nach
der Station zurück, die nach der Richtung Breslau liegt, da
der nächste Zug, ein beschleuniger Personenzug, auf der
Friedrichshagen nähergelegenen nicht anhält.

Thiel scheint zu überlegen, ob er mitgehen solle. Augen-
15 blicklich ist niemand da, der den Dienst versteht. Eine
stumme Handbewegung bedeutet seiner Frau, die Bahre
aufzunehmen; sie wagt nicht, sich zu widersetzen, obgleich
sie um den zurückbleibenden Säugling besorgt ist. Sie und
der fremde Mann tragen die Bahre. Thiel begleitet den Zug
20 bis an die Grenze seines Reviers, dann bleibt er stehen und
schaut ihm lange nach. Plötzlich schlägt er sich mit der
flachen Hand vor die Stirn, daß es weithin schallt.

Er meint sich zu erwecken, „denn es wird ein Traum sein,
wie der gestern", sagt er sich. — Vergebens. — Mehr
25 taumelnd als laufend erreichte er sein Häuschen. Drinnen
fiel er auf die Erde, das Gesicht voran. Seine Mütze rollte
in die Ecke, seine peinlich gepflegte Uhr fiel aus seiner
Tasche, die Kapsel sprang, das Glas zerbrach. Es war, als
hielte ihn eine eiserne Faust im Nacken gepackt, so fest, daß
30 er sich nicht bewegen konnte, so sehr er auch unter Ächzen
und Stöhnen sich freizumachen suchte. Seine Stirn war kalt,
seine Augen trocken, sein Schlund brannte.

Die Signalglocke weckte ihn. Unter dem Eindruck jener
sich wiederholenden drei Glockenschläge ließ der Anfall
35 nach. Thiel konnte sich erheben und seinen Dienst tun.
Zwar waren seine Füße bleischwer, zwar kreiste um ihn die
Strecke wie die Speiche eines ungeheuren Rades, dessen
Achse sein Kopf war; aber er gewann doch wenigstens so
viel Kraft, sich für einige Zeit aufrecht zu halten.

40 Der Personenzug kam heran. Tobias mußte darin sein.
Je näher er rückte, um so mehr verschwammen die Bilder
vor Thiels Augen. Am Ende sah er nur noch den zerschla-

genen Jungen mit dem blutigen Munde. Dann wurde es Nacht.

Nach einer Weile erwachte er aus einer Ohnmacht. Er fand sich dicht an der Barriere im heißen Sande liegen. Er stand auf, schüttelte die Sandkörner aus seinen Kleidern und spie sie aus seinem Munde. Sein Kopf wurde ein wenig freier, er vermochte ruhiger zu denken.

In der Bude nahm er sogleich seine Uhr vom Boden auf und legte sie auf den Tisch. Sie war trotz des Falles nicht stehengeblieben. Er zählte während zweier Stunden die Sekunden und Minuten, indem er sich vorstellte, was indes mit Tobias geschehen mochte. Jetzt kam Lene mit ihm an; jetzt stand sie vor dem Arzte. Dieser betrachtete und betastete den Jungen und schüttelte den Kopf.

„Schlimm, sehr schlimm — aber vielleicht ... wer weiß?" Er untersuchte genauer. „Nein", sagte er dann, „nein, es ist vorbei."

„Vorbei, vorbei", stöhnte der Wärter, dann aber richtete er sich hoch auf und schrie, die rollenden Augen an die Decke geheftet, die erhobenen Hände unbewußt zur Faust ballend und mit einer Stimme, als müsse der enge Raum davon zerbersten: „Er muß, muß leben, ich sage dir, er muß, muß leben." Und schon stieß er die Tür des Häuschens von neuem auf, durch die das rote Feuer des Abends hereinbrach, und rannte mehr, als er ging, nach der Barriere zurück. Hier blieb er eine Weile wie betroffen stehen und schritt dann plötzlich, beide Arme ausbreitend, bis in die Mitte des Dammes, als wenn er etwas aufhalten wollte, was aus der Richtung des Personenzuges kam. Dabei machten seine weit offenen Augen den Eindruck der Blindheit.

Während er, rückwärts schreitend, vor etwas zu weichen schien, stieß er in einem fort halbverständliche Worte zwischen den Zähnen hervor: „Du — hörst du — bleib doch — du — hör doch — bleib — gib ihn wieder — er ist braun und blau geschlagen — ja, ja — gut — ich will sie wieder braun und blau schlagen — hörst du? bleib doch — gib ihn mir wieder."

Es schien, als ob etwas an ihm vorüberwandle, denn er wandte sich und bewegte sich, wie um es zu verfolgen, nach der anderen Richtung.

„Du, Minna" — seine Stimme wurde weinerlich, wie die eines kleinen Kindes. „Du, Minna, hörst du? — gib ihn

wieder — ich will ... " Er tastete in die Luft, wie um
jemand festzuhalten. „Weibchen — ja — und da will ich
sie ... und da will ich sie auch schlagen — braun und blau —
auch schlagen — und da will ich mit dem Beil — siehst du?
5 — Küchenbeil — mit dem Küchenbeil will ich sie schlagen,
und da wird sie verrecken.

Und da ... ja mit dem Beil — Küchenbeil, ja — schwarzes
Blut!" Schaum stand vor seinem Munde, seine gläsernen
Pupillen bewegten sich unaufhörlich.

10 Ein sanfter Abendhauch strich leis und nachhaltig über
den Forst, und rosaflammiges Wolkengelock hing über dem
westlichen Himmel.

Etwa hundert Schritt hatte er so das unsichtbare Etwas
verfolgt, als er anscheinend mutlos stehenblieb, und mit
15 entsetzlicher Angst in den Mienen streckte der Mann seine
Arme aus, flehend, beschwörend. Er strengte seine Augen
an und beschattete sie mit der Hand, wie um noch einmal in
weiter Ferne das Wesenlose zu entdecken. Schließlich sank
die Hand, und der gespannte Ausdruck seines Gesichts
20 verkehrte sich in stumpfe Ausdruckslosigkeit; er wandte
sich und schleppte sich den Weg zurück, den er
gekommen.

Die Sonne goß ihre letzte Glut über den Forst, dann
erlosch sie. Die Stämme der Kiefern streckten sich wie
25 bleiches, verwestes Gebein zwischen die Wipfel hinein, die
wie grauschwarze Moderschichten auf ihnen lasteten. Das
Hämmern eines Spechtes durchdrang die Stille. Durch den
kalten, stahlblauen Himmelsraum ging ein einziges, ver-
spätetes Rosengewölk. Der Windhauch wurde kellerkalt,
30 so daß es den Wärter fröstelte. Alles war ihm neu, alles
fremd. Er wußte nicht, was das war, worauf er ging, oder
das, was ihn umgab. Da huschte ein Eichhorn über die
Strecke, und Thiel besann sich. Er mußte an den lieben
Gott denken, ohne zu wissen, warum. „Der liebe Gott
35 springt über den Weg, der liebe Gott springt über den Weg."
Er wiederholte diesen Satz mehrmals, gleichsam um auf
etwas zu kommen, das damit zusammenhing. Er unterbrach
sich, ein Lichtschein fiel in sein Hirn: „Aber mein Gott, das
ist ja Wahnsinn." Er vergaß alles und wandte sich gegen
40 diesen neuen Feind. Er suchte Ordnung in seine Gedanken
zu bringen, vergebens! Es war ein haltloses Streifen und
Schweifen. Er ertappte sich auf den unsinnigsten Vor-

stellungen und schauderte zusammen im Bewußtsein seiner
Machtlosigkeit.

Aus dem nahen Birkenwäldchen kam Kindergeschrei. Es
war das Signal zur Raserei. Fast gegen seinen Willen mußte
5 er darauf zueilen und fand das Kleine, um welches sich
niemand mehr gekümmert hatte, weinend und strampelnd
ohne Bettchen im Wagen liegen. Was wollte er tun? Was
trieb ihn hierher? Ein wirbelnder Strom von Gefühlen und
Gedanken verschlang diese Fragen.

10 „Der liebe Gott springt über den Weg", jetzt wußte er,
was das bedeuten wollte. „Tobias" — sie hatte ihn gemordet
— Lene — ihr war er anvertraut — „Stiefmutter, Rabenmutter", knirschte er, „und ihr Balg lebt." Ein roter Nebel
umwölkte seine Sinne, zwei Kinderaugen durchdrangen ihn;
15 er fühlte etwas Weiches, Fleischiges zwischen seinen Fingern.
Gurgelnde und pfeifende Laute, untermischt mit heiseren
Ausrufen, von denen er nicht wußte, wer sie ausstieß, trafen
sein Ohr.

Da fiel etwas in sein Hirn wie Tropfen heißen Siegellacks,
20 und es hob sich wie eine Starre von seinem Geist. Zum
Bewußtsein kommend, hörte er den Nachhall der Meldeglocke durch die Luft zittern.

Mit eins begriff er, was er hatte tun wollen: seine Hand
löste sich von der Kehle des Kindes, welches sich unter
25 seinem Griffe wand. — Es rang nach Luft, dann begann es
zu husten und zu schreien.

„Es lebt! Gott sei Dank, es lebt!" Er ließ es liegen und
eilte nach dem Übergange. Dunkler Qualm wälzte sich
fernher über die Strecke, und der Wind drückte ihn zu
30 Boden. Hinter sich vernahm er das Keuchen einer Maschine,
welches wie das stoßweiße gequälte Atmen eines kranken
Riesen klang.

Ein kaltes Zwielicht lag über der Gegend.

Nach einer Weile, als die Rauchwolken auseinandergingen,
35 erkannte Thiel den Kieszug, der mit geleerten Loren
zurückging und die Arbeiter mit sich führte, welche tagsüber
auf der Strecke gearbeitet hatten.

Der Zug hatte eine reichbemessene Fahrzeit und durfte
überall anhalten, um die hie und da noch beschäftigten
40 Arbeiter aufzunehmen, andere hingegen abzusetzen. Ein
gutes Stück vor Thiels Bude begann man zu bremsen. Ein
lautes Quietschen, Schnarren, Rasseln und Klirren durch-

drang weithin die Abendstille, bis der Zug unter einem
einzigen, schrillen, langgedehnten Ton stillstand.

Etwa fünfzig Arbeiter und Arbeiterinnen waren in den
Loren verteilt. Fast alle standen aufrecht, einige unter den
5 Männern mit entblößtem Kopfe. In ihrer aller Wesen lag
eine rätselhafte Feierlichkeit. Als sie des Wärters ansichtig
wurden, erhob sich ein Flüstern unter ihnen. Die Alten
zogen die Tabakspfeifen zwischen den gelben Zähnen hervor
und hielten sie respektvoll in den Händen. Hie und da
10 wandte sich ein Frauenzimmer, um sich zu schneuzen. Der
Zugführer stieg auf die Strecke herunter und trat auf Thiel
zu. Die Arbeiter sahen, wie er ihm feierlich die Hand
schüttelte, worauf Thiel mit langsamem, fast militärisch
steifem Schritt auf den letzten Wagen zuschritt.
15 Keiner der Arbeiter wagte ihn anzureden, obgleich sie ihn
alle kannten.

Aus dem letzten Wagen hob man soeben das kleine
Tobiaschen.

Es war tot.
20 Lene folgte ihm; ihr Gesicht war bläulichweiß, braune
Kreise lagen um ihre Augen.

Thiel würdigte sie keines Blickes; sie aber erschrak beim
Anblick ihres Mannes. Seine Wangen waren hohl, Wimpern
und Barthaare verklebt, der Scheitel, so schien es ihr,
25 ergrauter als bisher. Die Spuren vertrockneter Tränen
überall auf dem Gesicht; dazu ein unstetes Licht in seinen
Augen, davor sie ein Grauen ankam.

Auch die Tragbahre hatte man wieder mitgebracht, um die
Leiche transportieren zu können.
30 Eine Weile herrschte unheimliche Stille. Eine tiefe,
entsetzliche Versonnenheit hatte sich Thiels bemächtigt.
Es wurde dunkler. Ein Rudel Rehe setzte seitab auf den
Bahndamm. Der Bock blieb stehen mitten zwischen den
Geleisen. Er wandte seinen gelenken Hals neugierig herum,
35 da pfiff die Maschine, und blitzartig verschwand er samt
seiner Herde.

In dem Augenblick, als der Zug sich in Bewegung setzen
wollte, brach Thiel zusammen.

Der Zug hielt abermals, und es entspann sich eine Beratung
40 über das, was nun zu tun sei. Man entschied sich dafür, die
Leiche des Kindes einstweilen im Wärterhaus unterzubringen
und statt ihrer den durch kein Mittel wieder ins Bewußtsein

E

zu rufenden Wärter mittels der Bahre nach Hause zu
bringen.

Und so geschah es. Zwei Männer trugen die Bahre mit
dem Bewußtlosen, gefolgt von Lene, die, fortwährend
5 schluchzend, mit tränenüberströmtem Gesicht den Kinderwagen mit dem Kleinsten durch den Sand stieß.

Wie eine riesige, purpurglühende Kugel lag der Mond
zwischen den Kiefernschäften am Waldesgrund. Je höher
er rückte, um so kleiner schien er zu werden, um so mehr
10 verblaßte er. Endlich hing er, einer Ampel vergleichbar,
über dem Forst, durch alle Spalten und Lücken der Kronen
einen matten Lichtdunst drängend, welcher die Gesichter
der Dahinschreitenden leichenhaft anmalte.

Rüstig, aber vorsichtig schritt man vorwärts, jetzt durch
15 enggedrängtes Jungholz, dann wieder an weiten, hoch-
waldumstandenen Schonungen entlang, darin sich das
bleiche Licht wie in großen, dunklen Becken angesammelt
hatte.

Der Bewußtlose röchelte von Zeit zu Zeit oder begann
20 zu phantasieren. Mehrmals ballte er die Fäuste und versuchte
mit geschlossenen Augen sich emporzurichten.

Es kostete Mühe, ihn über die Spree zu bringen; man
mußte ein zweites Mal übersetzen, um die Frau und das Kind
nachzuholen.

25 Als man die kleine Anhöhe des Ortes emporstieg,
begegnete man einigen Einwohnern, welche die Botschaft
des geschehenen Unglücks sofort verbreiteten.

Die ganze Kolonie kam auf die Beine.

Angesichts ihrer Bekannten brach Lene in erneutes
30 Klagen aus.

Man beförderte den Kranken mühsam die schmale Stiege
hinauf in seine Wohnung und brachte ihn sofort zu Bett.
Die Arbeiter kehrten sogleich um, um Tobiaschens Leiche
nachzuholen.

35 Alte erfahrene Leute hatten kalte Umschläge angeraten,
und Lene befolgte ihre Weisung mit Eifer und Umsicht.
Sie legte Handtücher in eiskaltes Brunnenwasser und
erneuerte sie, sobald die brennende Stirn des Bewußtlosen
sie durchhitzt hatte. Ängstlich beobachtete sie die Atemzüge
40 des Kranken, welche ihr mit jeder Minute regelmäßiger zu
werden schienen.

Die Aufregungen des Tages hatten sie doch stark mit-

genommen, und sie beschloß, ein wenig zu schlafen, fand
jedoch keine Ruhe. Gleichviel ob sie die Augen öffnete oder
schloß, unaufhörlich zogen die Ereignisse der Vergangenheit
daran vorüber. Das Kleine schlief, sie hatte sich entgegen
5 ihrer sonstigen Gewohnheit wenig darum bekümmert. Sie
war überhaupt eine andere geworden. Nirgend eine Spur
des früheren Trotzes. Ja, dieser kranke Mann mit dem
farblosen, schweißglänzenden Gesicht regierte sie im
Schlaf.

10 Eine Wolke verdeckte die Mondkugel, es wurde finster
im Zimmer, und Lene hörte nur noch das schwere, aber
gleichmäßige Atemholen ihres Mannes. Sie überlegte, ob sie
Licht machen sollte. Es wurde ihr unheimlich im Dunkeln.
Als sie aufstehen wollte, lag es ihr bleiern in allen Gliedern,
15 die Lider fielen ihr zu, sie entschlief.

Nach Verlauf von einigen Stunden, als die Männer mit der
Kindesleiche zurückkehrten, fanden sie die Haustüre weit
offen. Verwundert über diesen Umstand, stiegen sie die
Treppe hinauf, in die obere Wohnung, deren Tür ebenfalls
20 weit geöffnet war.

Man rief mehrmals den Namen der Frau, ohne eine
Antwort zu erhalten. Endlich strich man ein Schwefelholz
an der Wand, und der aufzuckende Lichtschein enthüllte
eine grauenvolle Verwüstung.

25 „Mord, Mord!"

Lene lag in ihrem Blut, das Gesicht unkenntlich, mit
zerschlagener Hirnschale.

„Er hat seine Frau ermordet, er hat seine Frau ermordet!"
Kopflos lief man umher. Die Nachbarn kamen, einer
30 stieß an die Wiege. „Heiliger Himmel!" Und er fuhr
zurück, bleich, mit entsetzensstarrem Blick. Da lag das Kind
mit durchschnittenem Halse.

Der Wärter war verschwunden; die Nachforschungen,
welche man noch in derselben Nacht anstellte, blieben
35 erfolglos. Den Morgen darauf fand ihn der diensttuende
Wärter zwischen den Bahngeleisen und an der Stelle sitzend,
wo Tobiaschen überfahren worden war.

Er hielt das braune Pudelmützchen im Arm und liebkoste
es ununterbrochen wie etwas, das Leben hat.

40 Der Wärter richtete einige Fragen an ihn, bekam jedoch
keine Antwort und bemerkte bald, daß er es mit einem
Irrsinnigen zu tun habe.

Der Wärter am Block, davon in Kenntnis gesetzt, erbat telegraphisch Hilfe.

Nun versuchten mehrere Männer ihn durch gutes Zureden von den Geleisen fortzulocken; jedoch vergebens.

5 Der Schnellzug, der um diese Zeit passierte, mußte anhalten, und erst der Übermacht seines Personals gelang es, den Kranken, der alsbald furchtbar zu toben begann, mit Gewalt von der Strecke zu entfernen.

Man mußte ihm Hände und Füße binden, und der in-
10 zwischen requirierte Gendarm überwachte seinen Transport nach dem Berliner Untersuchungsgefängnisse, von wo aus er jedoch schon am ersten Tage nach der Irrenabteilung der Charité überführt wurde. Noch bei der Einlieferung hielt er das braune Mützchen in Händen und bewachte es mit
15 eifersüchtiger Sorgfalt und Zärtlichkeit.

FASCHING

SEGELMACHER Kielblock war seit einem Jahr verheiratet. Er besaß ein hübsches Eigentum am See, Häuschen, Hof, Garten und etwas Land. Im Stall stand eine Kuh, auf dem Hofe tummelten sich gackernde Hühner und schnatternde Gänse. Drei fette Schweine standen im Koben, die im Laufe des Jahres geschlachtet werden sollten.

Kielblock war älter als seine Frau, aber trotzdem nicht minder lebenslustig als diese. Er sowohl wie sie liebten die Tanzböden nach wie vor der Hochzeit, und Kielblock pflegte zu sagen: „Der ist ein Narr, der in die Ehe geht wie in ein Kloster. Gelt, Mariechen", setzte er dann gewöhnlich hinzu, sein rundes Weibchen mit den robusten Armen umfassend und drückend, „bei uns geht das lustige Leben jetzt erst recht an."

Und wirklich, sechs kurze Wochen ausgenommen, war das erste Ehejahr der beiden Leute gleichsam ein einziger Festtag gewesen. Die sechs Wochen aber hatten nur wenig an ihrer Lebensweise ändern können. Der kleine Schreihals, welchen sie gebracht, wurde der Großmutter überlassen, und ging's hinaus, sooft der Wind eine Walzermelodie herübertrug und in die Fenster des abseits gelegenen Häuschens hineinklingen ließ.

Aber nicht nur auf allen Tanzmusiken ihres Dorfes waren Kielblocks anwesend, auch auf denen der umliegenden Dörfer fehlten sie selten. Mußte die Großmutter, was oft vorkam, das Bett hüten, so wurde „das kleine Balg" eben mitgenommen. Man machte ihm dann im Tanzsaal, so gut es gehen wollte, ein Lager zurecht, gewöhnlich auf zwei Stühlen, über deren Lehnen man Schürzen und Tücher zum notdürftigen Schutze gegen das Licht hängte. Und in der Tat schlief das arme Würmchen, auf diese Art gebettet, unter dem betäubenden Lärm der Blechinstrumente und Klarinetten, unter dem Gescharr, Getrampel und Gejohle der Walzenden, inmitten einer Atmosphäre von Schnaps und Bierdunst, Staub und Zigarrenrauch oft die ganze Nacht.

Wunderten sich die Anwesenden darüber, so hatte der Segelmacher immer die eine Erklärung bereit: „Es ist eben

der Sohn von Papa und Mama Kielblock, verstanden?"
Begann Gustavchen zu schreien, so stürzte seine Mutter,
sobald sie den angefangenen Tanz beendet, herbei, raffte ihn
auf und verschwand mit ihm in dem kalten Hausflur. Hier,
5 auf der Treppe sitzend oder wo sie sonst Raum fand, reichte
sie dem Kleinen die vom Trinken und Tanzen erhitzte,
keuchende Brust, die es gierig leer sog. War es satt, so
bemächtigte sich seiner zumeist eine auffallende Lustigkeit,
welche den Eltern nicht wenig Freude bereitete, um so mehr,
10 da sie nicht lange anzuhalten, sondern bald von einem
todesähnlichen, bleiernen Schlaf verdrängt zu werden
pflegte, aus dem das Kind dann bis zum kommenden Morgen sicher nicht mehr erwachte.

Sommer und Herbst waren verstrichen. Eines schönen
15 Morgens, als der Segelmacher nach einer guten Nacht unter
seine Haustüre trat, war die Gegend in einen Schneemantel
gehüllt. Weiße Flecken lagen in den Wipfeln des Nadel-
waldes, der den See und in weitem Umkreise die Ebene
umschloß, in welcher das Dörfchen gelegen war.

20 Der Segelmacher schmunzelte in sich hinein. Der Winter
war seine liebste Jahreszeit. Schnee erinnerte ihn an Zucker,
dieser an Grog; Grog wiederum erregte in ihm die Vorstellung warmer, festlich erleuchteter Zimmer und brachte
ihn somit auf die schönen Feste, welche man im Winter zu
25 feiern gewohnt ist.

Mit geheimer Freude schaute er den schwerfälligen
Kähnen zu, welche nur noch mit Mühe vorwärts bewegt
werden konnten, weil bereits eine dünne Eiskruste den See
bedeckte. „Bald", sagte er zu sich selbst, „sitzen sie ganz
30 fest, und dann kommt meine gute Zeit."

Es würde verfehlt sein, Herrn Kielblock schlechtweg für
einen Faulenzer von Profession zu halten, im Gegenteil, kein
Mensch konnte fleißiger arbeiten als er, solange es Arbeit
gab. Wenn jedoch die Schiffahrt und damit die Arbeit einmal
35 auf Monate gründlich einfror, grämte er sich keineswegs
darüber, sondern sah in der Muße eine willkommene
Gelegenheit, das zu verjubeln, was er sich vorher erworben.

Aus einer kurzen Pfeife qualmend, schritt er die Böschung
hinunter, bis an den Rand des Sees, und tippte mit dem Fuß
40 auf das Eis. — Es zerbrach wider Erwarten beim leisesten
Drucke, und der Segelmacher hätte, obgleich er das Experi-

ment mit aller Vorsicht ausgeführt, doch beinahe das Gleichgewicht verloren.

Derb fluchend zog er sich zurück, nachdem er die Tabakspfeife aufgehoben, welche ihm entfallen war.

Ein Fischer, der ihn beobachtet hatte, rief ihm zu: „Wollt Ihr Schlittschuh loofen, Segelmacher?"

„In acht Tagen, warum nicht?"

„Denn will ick mich bald een neues Netze koofen."

„Warum denn?"

10 „Damit ick dir wieder rausfischen kann, denn rin fällst de sicher."

Kielblock lachte behaglich. Eben wollte er etwas erwidern, als die Stimme seiner Frau ihn zum Frühstück rief. Im Gehen meinte er nur noch, daß er sich die Geschichte dann

15 doch erst befrühstücken wollte, denn kalte Bäder gehörten gerade nicht zu seinen Passionen.

Die Familie Kielblock frühstückte.

Die alte Großmutter trank ihren Kaffee am Fenster. Als Fußbank diente ihr ein grüner, viereckiger Kasten, den sie

20 von Zeit zu Zeit mit halb erloschenen Augen ängstlich betrachtete. Mit langen, dürren Händen öffnete sie jetzt zitternd die Schublade eines neben ihr stehenden Tischchens und fuhr unsicher darin herum, bis sie ein Pfennigstück zwischen die Finger bekam, das sie herausnahm und sorgsam

25 in den messingenen Einwurf des unter ihr stehenden Kastens steckte.

Kielblock und Frau beobachteten die Manöver und nickten sich verständnisvoll zu. Über das erstarrte, welke Gesicht der Alten glitt ein Zug heimlicher Genugtuung, wie

30 immer, wenn sie das Geldstück am Morgen in der Schublade fand, welches die beiden Eheleute nur selten für sie hinein-zulegen vergaßen.

Erst gestern hatte die junge Frau wieder eine Mark zu diesem Zweck in Pfennige umgewechselt, die sie lachend

35 ihrem Manne zeigte.

„Die Mutter ist eine gute Sparbüchse", sagte dieser, einen lüsternen Blick nach dem grünen Kasten werfend, „wer weiß, was da drinnen noch alles steckt. Wenig ist's nicht, und wenn sie einmal abgelebt hat, was Gott verhüte, dann

40 setzt's noch ein anständiges Pöstchen, darauf verlass' dich."

Diese Bemerkung schien der jungen Frau in die Beine zu fahren; sie stand auf, schwenkte die Röcke und trällerte

eine Melodie: „Nach Afrika, nach Kamerun, nach Angra
Pequena."

Ein plötzliches lautes Geheul unterbrach sie; Lotte, das
kleine, braune Hündchen, hatte sich zu nahe an den grünen
5 Kasten gewagt und war von der Alten dafür mit einem
Fußtritt belohnt worden. Das Ehepaar lachte aus vollem
Halse, indes Lotte mit gekniffener Schnauze und gekrümmtem Rücken, eine wahre Jammergestalt, hinter den
Ofen kroch und winselte.

10 Die Alte geiferte in unverständlichen Worten über das
„Hundevieh", und Kielblock schrie die Schwerhörige an:
„Recht so, Mutter. Was hat das Hundebeest da herumzu-
schnüffeln, das ist dein Kasten: der soll dir bleiben, daran
soll niemand rühren, nicht einmal Hund und Katze,
15 gelt?"

„Die ist wachsam", äußerte er befriedigt, als er kurz
darauf mit seiner Frau in den Hof ging, um ihr beim
Viehfüttern zuzusehen, „da kommt uns kein Heller weg,
nicht, Mariechen?"

20 Mariechen hantierte alsbald mit Kleiensäcken und Futter-
schäffern, die Röcke und Ärmel trotz der frischen Luft
aufgeschürzt, wobei ihre gesunden, drallen Glieder in der
Sonne leuchteten.

Kielblock betrachtete sein Weib mit stiller Befriedigung,
25 innerlich noch die Beruhigung durchkostend, welche ihm
der Geiz seiner Mutter hinsichtlich seiner Zukunft gab. Er
konnte sich nicht entschließen, an die Arbeit zu gehen, so
sehr behagte ihm der Zustand, in dem er sich augenblicklich
wiegte. Seine kleinen, genüßlichen Äuglein spazierten
30 stillvergnügt über die rosig angehauchten fetten Rücken
seiner Schweine, die er im Geiste schon in Schinken, Wurst
und Wellfleisch zerlegt sah. Sie bestrichen dann das ganze,
mit frischem Schnee bestreute Höfchen, welches ihm den
Eindruck einer sauber gedeckten Tafel machte, auf welcher
35 Hühner-, Enten- und Gänsebraten reichlich aufgetischt,
allerdings noch lebend, herumstanden.

Frau Mariechen ging auf in ihrem Vieh und Geflügel. Seit
geraumer Zeit drang klägliches Kindergeschrei aus der
Haustür, ein Umstand, der sie in keiner Weise von ihrer
40 Beschäftigung abzog. In ihrem Viehbestand sah sie eine
Hauptbedingung ihres behaglichen Lebens, in dem Kinde
zunächst nichts weiter als ein Hindernis in demselben.

Es war Faschingszeit. Die Familie saß beim Nachmittagskaffee. Das etwa einjährige Gustavchen spielte am Boden. Man hatte Pfannkuchen gebacken und war in sehr vergnügter Stimmung, einesteils der Pfannkuchen wegen, andernteils weil es Sonnabend war, hauptsächlich aber, weil man an diesem Tage einen Maskenball besuchen wollte, der im Dorfe stattfand.

Frau Mariechen ging als Gärtnerin, und ihr Kostüm hing bereits in der Nähe des mächtigen grauen Kachelofens, der eine große Hitze ausströmte. Das Feuer durfte den ganzen Tag nicht ausgehen, da schon seit Monatsfrist eine beispiellose Kälte eingetreten war, die auch den See mit einer Eiskruste überdeckt hatte, so daß vollbeladene Fuhrwerke denselben ohne Gefahr passieren konnten.

Die Großmutter hockte wie immer über ihrem Schatze am Fenster, und Lotte lag, vom Scheine des Feuers angeglüht, zusammengekrümmt vor dem Ofenloch, dessen Türchen hin und wieder ein leises, klapperndes Geräusch machte.

Der heutige Ball sollte das letzte große Vergnügen des Winters sein, welches selbstverständlich bis zur Hefe ausgekostet werden mußte.

Der Winter war bisher auf das angenehmste vergangen. Feste, Tanzmusiken, Schmausereien im eigenen Hause und bei Fremden hatten mit einigen wenigen Arbeitsstunden gewechselt. Die Kasse war aber dabei magerer geworden, der Viehbestand beträchtlich zusammengeschrumpft, Dinge, welche auf die Stimmung der beiden Eheleute nicht ohne Einfluß bleiben konnten.

Freilich beruhigte man sich leicht in dem Gedanken, daß der kommende Sommer ja auch wieder vergehen würde, und was besonders die leere Kasse anbetraf, so tröstete ein Blick auf die der Großmutter bald darüber hinweg.

Der grüne Kasten unter den Füßen der alten Frau hatte überhaupt den beiden Eheleuten in allen Lebenslagen eine große Kraft der Beruhigung erwiesen. Bekam ein Schwein den Rotlauf, so dachte man an ihn und gab sich zufrieden. Schlug das Segeltuch auf, fielen die Kunden ab, tat man desgleichen.

Kam es den beiden vor, als mache sich ein leiser Rückgang in der Wirtschaft bemerkbar, so beschwichtigte man die schwer herandämmernden Sorgen darüber ebenfalls durch den Gedanken an den Kasten.

Ja, den Kasten umwoben eine Menge so verlockender
Vorstellungen, daß man sich gewöhnt hatte, den Augenblick, wo man ihn würde öffnen können, als den Höhepunkt
seines Lebens zu betrachten.

5   Über die Verwendung des darin befindlichen Geldes hatte
man längst entschieden. Vor allem sollte ein kleiner Teil
desselben zu einer etwa achttägigen Vergnügungsreise,
vielleicht nach Berlin, verwandt werden. Man reise dann
natürlich ohne Gustavchen, den man bei einer befreundeten
10 Familie in dem Dorfe Steben jenseits des Sees bequem für
die Dauer der Reise unterbringen konnte.

Kamen sie auf diese Reise zu sprechen, so bemächtigte sich
der beiden Eheleute ein wahrhaftes Vergnügungsfieber. Der
Mann meinte, das müsse aber noch einmal eine richtige
15 Semmelwoche werden, während die Frau, in den Erinnerungen ihrer Mädchenzeit schwelgend, nur vom Zirkus Renz,
der Hasenheide und anderen Vergnügungsorten redete.

Wie so oft hatte man auch heute wieder das Reisethema
hervorgesucht, als Gustavchen durch ein ausnehmend
20 possierliches Gebaren die Aufmerksamkeit davon ab- und
auf sich lenkte. Er hob nämlich seine kleinen schründigen
Ärmchen in die Höhe, als ob er sagen wollte: „Horch“, und
brachte aus seinem schmutzigen Mäulchen einen Ton hervor,
welcher dem Schrei einer Unke ähnelte.

25 Die Eltern beobachteten, ihre Heiterkeit mühsam zurück-
haltend, die Manöver des Kleinen eine Weile. Endlich
wurde es ihnen doch zu bunt. Sie platzten heraus und
lachten so laut, daß Gustavchen erschreckt zu weinen anfing
und selbst die Großmutter ihr verstumpftes Gesicht herum-
30 wandte.

„Na, weene man nich, alberne Jöhre, es tut dich doch
niemand nichts“, beruhigte die Mutter, welche, bereits zur
Hälfte Gärtnerin, im roten Korsett vor dem Kleinen stand.
„Was fällt dir denn ein“, fuhr sie fort, „daß du mit die Arme
35 wie ein Seiltänzer in die Luft herumangelst und eine Jusche
ziehst wie meiner Mutter Bruder, wenn er eenen Hasen mit
die Schlinge jefangen hatte.“

Kielblock, der an einem gelben Frack für den Abend
herumbürstete, gab noch lachend eine Erklärung: „Der
40 See“, sagte er, „der See!“

Und wirklich drangen durch die Fenster bald lauter, bald
leiser langgezogene, dumpfe Töne, Tubarufen vergleichbar,

welche von dem unter der riesigen Eiskruste arbeitenden
Wasser des Sees herrührten und die das Kind vermutlich
zum erstenmal bemerkt und nachzuahmen versucht hatte.

Je näher der Abend kam, um so ausgelassener wurde man,
5 half sich gegenseitig beim Anziehen und belustigte sich schon
vor dem Fest mit allerhand Scherzen und Tollheiten, deren
Kielblock während seiner langen Vergnügungspraxis in
großen Mengen aufgespeichert hatte.

Die junge Frau kam gar nicht aus dem Lachen heraus,
10 ein plötzliches Grausen aber erfaßte sie, als ihr Kielblock
eine aschfahl bepinselte Fratze aus Papier vorwies, welche
er aufsetzte, wie er sagte, um die Leute das Gruseln zu
lehren.

„Steck die Larve fort, ich bitte dich", schrie sie, am ganzen
15 Körper zitternd. „Det sieht ja akkarat aus wie'n toter
Leichnam, der drei Wochen in der Erde gelegen hat."

Den Mann jedoch ergötzte die Furcht seiner Frau. Er lief,
die Larve zwischen den Händen, um sie herum, so daß sie,
wohin sie sich auch wandte, hineinblicken mußte. Das
20 machte sie zuletzt wütend.

„Kreuzmillionen, ick will det Unflat nicht mehr sehen",
zeterte sie, mit dem Fuße stampfend, indes Kielblock, fast
berstend vor Lachen, auf einen Holzstuhl fiel, den er beinahe
umriß.

25 Endlich war man angezogen.

Er — ein „Halsabschneider"; gelber Frack, Kniehosen
aus Samt und Schnallenschuhe, ein riesiges Tintenfaß aus
Pappdeckel auf dem Kopf, worin noch die ebenfalls ungeheure Gänsefeder stak.

30 Sie — eine Gärtnerin: efeuumrankt, mit einem papiernen
Rosenkranz im glatten Haar.

Die Uhr zeigte sieben, und so konnte man sich auf den
Weg machen.

Auch diesmal mußte Gustavchen leider wieder mit-
35 genommen werden, so schmerzlich es die „Gärtnerin" auch
empfinden mochte.

Die Großmutter hatte in letzter Zeit einen Schlaganfall
gehabt, weshalb man ihr nicht die geringste Arbeit aufbürden
durfte. Sie vermochte sich zur Not noch selbst aus- und
40 anzukleiden, damit war aber ihre Leistungsfähigkeit so
ziemlich erschöpft.

Ein wenig Essen stellte man der Alten neben die brennende

Lampe aufs Fensterbrett, und so konnte man sie bis zum
nächsten Morgen getrost ihrem Schicksal überlassen.

Man nahm Abschied von ihr, indem man in ihre tauben
Ohren schrie: „Wir jehen!" Und bald darauf waren die Alte
5 am Fenster und Lotte am Ofen die einzigen Bewohner des
Häuschens, welches Kielblock von außen abgeschlossen
hatte.

Der Pendel der alten Schwarzwälder Uhr ging gemessen
hin und her, tick, tack. Die Greisin schwieg oder leierte mit
10 scharfer Stimme ein Gebet herunter. Lotte knurrte von Zeit
zu Zeit im Schlaf, und von draußen klangen jetzt laut und
vernehmlich die dröhnenden Tubastöße des Sees, dessen
Eisspiegel sich wie eine riesige Demantscheibe weiß lodernd
im Vollmond und scharf umrissen zwischen die tinten-
15 schwarz herabhängenden formlosen Abhänge der Kiefern-
hügel hineinspannte.

Als Kielblocks den Ballsaal betraten, wurden sie mit einer
Fanfare begrüßt.

Der „Halsabschneider" erregte ungemeines Aufsehen.
20 Gärtnerinnen, Zigeuner- und Marketenderinnen flüchteten
kreischend zu ihren Kavalieren, Bauernknechten und
Bahnarbeitern, welche ihre plumpen Glieder in spanische
Kostüme gezwängt hatten und zierliche, zahnstocherartige
Degen an der Seite trugen.

25 Der Segelmacher war außerordentlich zufrieden mit der
Wirkung seiner Maske. Er belustigte sich drei Stunden lang
damit, ganze Herden maskierter Frauen und Mädchen, wie
der Wolf die Lämmer, vor sich her zu treiben.

„He, Gevatter Halsabschneider", rief ihm jemand zu,
30 „du siehst ja aus wie dreimal jehenkt und wieder los-
geschnitten." Ein anderer riet, er solle doch einen Schnaps
trinken, damit ihm besser würde, denn Schnaps sei gut für
Cholera.

Die Mahnung betreffs des Schnapses war überflüssig, denn
35 Schnaps hatte der Gehenkte bereits in großen Mengen zu
sich genommen. In seinem Totenschädel rumorte davon ein
zweiter Maskenball, der den wirklichen noch übertollte.

Es wurde ihm so warm und gemütlich, daß er in diesem
Zustande, um sein Inkognito zu wahren, mit dem leibhaftigen
40 Sensenmann die Brüderschaft getrunken hätte.

Um zwölf Uhr nahm man die Masken ab. Jetzt stürmten

die Freunde Kielblocks von allen Seiten auf ihn ein, beteuernd, daß sie ihn wahrhaftig nicht erkannt hätten: „Du bist doch nun einmal der tollste Kerl."

„Du verwünschter Filou, du Galgenvogel!" scholl es durcheinander.

„Das hätten wir uns doch denken können", schrie ein angetrunkener Schifferknecht. „Wer anders ist dreimal gehenkt und mit allen Hunden gehetzt als der Segelmacher."

Alles lachte.

„Der Segelmacher, natürlich der Segelmacher", lief es von Mund zu Mund, und dieser fühlte sich, wie so oft schon, auch heute als der Held des Abends.

„Nichts ist schöner", rief er in das Gewühl, „als so en bißken den toten Mann machen, aber nun hab' ick's ooch dick. Vorwärts, Musik, Musik!" — Und sein Ruf fand Echo in aller Kehlen.

„Musik, Musik, Musik!" scholl es durcheinander, immer lauter und lauter, bis mit schneidendem Ruck und schriller Dissonanz die Musikbande zu arbeiten begann.

Der Ruf verstummte, im Nu wirbelte alles durcheinander. Kielblock tanzte wie rasend. Er stampfte mit dem Fuße, er johlte, daß es die Musik übertobte.

„Man muß doch den Leuten zeijen, det man noch leben dut", brüllte er im Vorbeischießen dem Baßgeiger zu, der ihn freundschaftlich angelächelt hatte.

Mariechen überwand sich, um nicht aufzuschreien, so preßte er sie an sich: die Sinne vergingen ihr fast. Es war, als habe ihr Mann in dem „Totenspielen" doch ein Haar gefunden und wühle sich nun mit allen Fibern seines Leibes in das Leben zurück.

Während der Musikpausen füllte er sich mit Schnaps und traktierte auch seine Freunde damit.

„Trinkt man feste, Brüder", lallte er zuletzt, „ihr könnt mir nich pankrott machen, meine Olle is eene sehr schwere Frau! Sehr, sehr schwer", wiederholte er gedehnt, zwinkerte bedeutungsvoll mit den Augen und führte ein Schnapsglas, bis zum Rande voll Ingwer, unsicher zum Munde.

Das Vergnügen hatte seinen Höhepunkt überschritten und drohte zu Ende zu gehen. Nach und nach verlor sich die Mehrzahl der Gäste. Kielblock und Frau nebst einer Anzahl Gleichgesinnter wankten und wichen nicht. Gustavchen hatte diesmal in einem dunklen Vorzimmer glücklich untergebracht werden können, so daß man durch ihn weniger als je behindert wurde.

Als auch die Musikanten gegangen waren, schlug jemand vor, „Gottes Segen bei Cohn" zu spielen, ein Vorschlag,
5 den man einstimmig annahm.

Während des Spiels entschliefen einige, darunter Kielblock. Sobald der Morgendämmer fahl und gespenstig durch die Fenstervorhänge kroch, wurden sie wieder geweckt. Erwachend, grölte der Segelmacher das Lied zu Ende, über
10 dessen Strophen er eingeschlafen war.

„Kinder", rief er, als es heller und heller wurde, „nach Hause jehn wir nich, verstanden!? Nun jrade nich, da es Tag wird."

Einige protestierten; es sei nun wirklich genug, man
15 müsse nichts übertreiben! Die andere Hälfte stimmte ihm bei.

Aber was tun?

Der Heidekrug wurde genannt.

„Jawohl, Kinder, wir machen eenen Spazierjang ins
20 Jrüne, wenn ooch een bißken Schnee liegen dut, es schad't nich, wir jehen zusammen nach dem Heidekrug."

„Frische Luft, frische Luft!" klang es auf einmal aus vielen Kehlen, und alles drängte nach der Türe.

Die Sonne begann einen Sonntag. Ein riesiges Stück
25 gelbglühenden Metalls, lag sie hinter den kohlschwarzen Säulen eines Kieferngehölzes, welches, wenige hundert Schritte von dem Gasthause entfernt, gegen den See vorsprang. Ein braungoldiger Lichtstaub quoll durch die Stämme, drängte sich durch alle Luken und unbeweglichen,
30 dunklen Nadelmassen ihrer Kronen und überhauchte Erde und Himmel mit einem rötlichen Scheine. Die Luft war schneidend kalt, aber es lag kein Schnee.

Man atmete sich nüchtern und schüttelte den Geruch des Ballsaals aus den Kleidern. Einige von denen, die kurz
35 vorher gegen die Fortsetzung des Vergnügens waren, fühlten sich jetzt so gestärkt, daß sie dafür sprachen. Andere meinten, das sei ja alles recht gut, man müsse doch aber wenigstens die Kleider wechseln, wenn man nicht zum Skandal der Leute werden wollte. Dagegen konnte niemand
40 etwas Ernstliches einwenden; deshalb und ferner, weil einige der Anwesenden, darunter Kielblocks, erklärten, daß sie unbedingt einmal nach dem Rechten sehen müßten,

wurde beschlossen, daß man sich zunächst nach Hause
begeben, um neun Uhr aber wieder treffen wolle, um den
gemeinschaftlichen Spaziergang anzutreten.

5 Kielblocks entfernten sich zuerst, und unter den Zurückbleibenden waren wenige, die das junge Paar nicht
beneideten. Aussprüche wie: „Ja, wenn man es auch so
haben könnte" und andere wurden laut, als man den stets
fidelen Mann, Gustavchen auf dem Arm tragend, seine Frau
an der Hand führend, johlend in das Gehölz einbiegen und
10 verschwinden sah.

Zu Hause war alles in bester Ordnung. Lotte begrüßte
die Anwesenden, die Alte lag noch im Bett. Man kochte
ihr Kaffee, weckte sie und teilte ihr mit, daß man sie bald
wieder verlassen werde. Sie fing an, vor sich hinzuschelten,
15 ohne sich direkt an jemanden zu wenden. Durch zwei neue
Pfennige wußte man sie zu beruhigen.

Frau Marie, welche damit beschäftigt war, den kleinen
Gustav umzuziehen, bekam plötzlich eine Grille. „Ach wat,
et is jenug", sagte sie, „wir wollen zu Hause bleiben."

20 Kielblock war außer sich.

„Ich habe Kopfschmerzen und Stechen im Rücken."

Eine Tasse schwarzen, starken Kaffees würde alles
hinwegnehmen, erklärte er. Gehen müsse man, denn man
habe die Sache ja selbst eingefädelt.

25 Der Kaffee hatte seine Wirkung getan. Gustavchen war
vermummt und alles fertig zum Aufbruch, als ein Schiffer
erschien, welcher bis zum Montagmorgen ein Segel geflickt
haben wollte. Es sei für die Eisjacht Mary, welche am
Mittag des nächsten Tages die große Regatta mitlaufen
30 sollte, fügte er bei.

Kielblock wies die Arbeit zurück. Um der paar Pfennige
willen, welche bei so etwas heraussprängen, könne man sich
nicht das bißchen Sonntagsvergnügen rauben lassen.

Der Mann versicherte, daß es gut bezahlt werde, aber
35 Kielblock blieb bei seiner Weigerung. Werktag sei Werktag,
Feiertag sei Feiertag.

Unterhandelnd verließ man das Zimmer und das Haus.
Er würde den Lappen selbst zusammenflicken, schloß der
Schiffer, wenn er nur die nötige Leinwand bekommen
40 könnte. Auch diese verweigerte Kielblock, weil er, wie er
sagte, sich nicht ins Handwerk pfuschen lassen könne.

Die Gesellschaft traf sich vor dem Gasthause. Der

Spaziergang gestaltete sich, da die Sonne die Kälte herab-
gemindert, zu einem ausnehmend genußreichen. Die
Ehemänner liebelten gegenseitig mit den Frauen, sangen,
rissen Witze und sprangen wie Böcke über das starr
5 gefrorene, knisternde Moos des Waldbodens. Der Forst
hallte wider vom Gejohl, Gekreisch und Gelächter des
Haufens, dessen Lustigkeit sich von Minute zu Minute
steigerte, da man nicht vergessen hatte, gegen die Kälte
einige Flaschen Kognak mit auf die Wanderschaft zu
10 nehmen.

Im Krug wurde natürlich wieder ein Tanz improvisiert;
gegen Mittag trat man, bedeutend herabgestimmt, den
Rückweg an.

Zwei Uhr war es, als Kielblocks vor ihrem Häuschen
15 standen, ein wenig müde und abgespannt, keineswegs jedoch
übersättigt. Der Segelmacher hatte den Schlüssel zur
Haustür bereits ins Schloß gesteckt, zauderte aber nichtsdestoweniger, herumzudrehen. In seinem Innern klaffte
eine Leere, vor der ihm graute.
20 Da fiel sein Blick auf den See, der wie ein ungeheurer
Spiegel, von Schlittschuhläufern und Stuhlschlitten belebt,
in der Sonne funkelte, und so kam ihm ein Gedanke.

„Mariechen“, fragte er, „wie wär's, wenn wir noch 'ne
Tour machten? — Nach Steben rüber zu deiner Schwester —
25 nicht? — Sich jetzt am Mittag aufs Ohr hauen, det wär' doch
sündhaft.“

Die junge Frau war zu müde, sie beteuerte, nicht mehr
laufen zu können.

„Det schad't ooch nicht“, erwiderte er und lief im selben
30 Augenblick nach dem Schuppen hinter dem Hause, aus
welchem er einen hölzernen, grün angestrichenen Stuhlschlitten hervorholte.

„So wird et jehen, denk' ich“, fuhr er fort, bereits damit
beschäftigt, ein Paar Schlittschuhe an seinen Füßen zu
35 befestigen, welche über der Lehne des Schlittens gehangen
hatten.

Ehe Mariechen Zeit hatte, weitere Bedenken zu äußern,
saß sie, Gustavchen auf dem Schoß haltend, im Stuhlschlitten
und sauste, von den kräftigen Armen ihres Mannes ge-
40 schoben, über die blitzende Eisfläche.

Kaum vierzig Meter vom Lande wandte sich die junge
Frau noch einmal und gewahrte den Schiffer, wie er an ihre

Haustüre klopfte. Er mußte sie heimkommen gesehen und
sich entschlossen haben, noch einmal wegen des Segels
vorzusprechen.

Sie machte ihren Mann darauf aufmerksam.

5 Er hielt an, wandte sich herum und brach in ein
schallendes Gelächter aus, welches die Frau mit fortriß. Es
war doch auch zu komisch, wie der Mann so recht geduldig
und zuversichtlich mit seinem Segel auf der Schwelle stand,
indes die, welche er im Hause glaubte, längst hinter seinem
10 Rücken über den See davonflogen.

Kielblock sagte, es wäre gut, daß er nicht mehr mit dem
Manne zusammengetroffen sei, denn sonst würde die schöne
Schlittenpartie doch noch zu Essig geworden sein.

Während des Fahrens drehte er indes wiederholt den Kopf
15 nach rückwärts, um zu sehen, ob der Mann noch an seinem
Posten stände; aber erst, als er mit Frau und Kind das
jenseitige Ufer hinaufklomm, konnte er bemerken, wie sich
derselbe, zum schwarzen Punkte eingeschrumpft, langsam in
der Richtung des Dorfes entfernte.

20 Die Verwandten, welche ein Gasthaus in Steben besaßen,
freuten sich über den Besuch der Eheleute, zumal da bereits
eine Anzahl anderer guter Freunde versammelt war. Man
nahm sie gut auf, brachte Kaffee, Pfannkuchen und später
auch Spirituosen. Zuletzt machten die Männer ein Spielchen,
25 während die Frauen die Tageschronik durchnahmen. Außer
dem Verwandtenkreis waren noch einige Stadtleute in dem
Gastzimmer anwesend. Sie brachen jedoch eiligst auf, als es
zu dunkeln begann.

„Es ist ja Vollmond, meine Herrschaften", bemerkte der
30 Wirt, die Zeche einer kleinen Schlittschuhgesellschaft
einstreichend, „die Passage des Sees außerdem vollkommen
sicher. Sie brauchen sich nicht zu beeilen."

Man versicherte, nicht im geringsten ängstlich zu sein,
ohne sich deshalb am Aufbruch hindern zu lassen.

35 „Furchtsame Stadtratten", flüsterte Kielblock seinem
Schwager zu, der sich seufzend neben ihn niederließ, um
sein unterbrochenes Spiel wieder aufzunehmen. Das soundsovielte Glas hochhebend, nötigte er ihn zum Trinken und
leerte selbst sein Glas zur Hälfte.

40 „Nicht wahr", fragte eine der Frauen nach dem Männer-
tisch herüber, „der Junge ist wieder ganz gesund."

„Ganz gesund", scholl es zurück. „Zwei Stunden, nach-

F

dem er glücklich herausgezogen war und längst wohlgeborgen in seinem Bette lag, schrie er plötzlich: ‚Zu Hilfe,
zu Hilfe, ich ertrinke!' "

„Zu Hilfe, zu Hilfe, ich ertrinke", schrie Kielblock, bei
5 dem das Bier wieder zu wirken begann, und hieb eine letzte
Karte auf die Tischplatte. Er gewann und strich schmunzelnd
eine Anzahl kleiner Münzen in die hohle Hand.

Währenddessen erzählte man sich, daß ein Junge bei
hellem Tage in die offene Stelle des Sees geraten sei, auch
10 wohl sicher ertrunken wäre, wenn nicht glücklicherweise im
letzten Augenblick einige Arbeiter hinzugekommen wären.
Jeder der Anwesenden kannte die Stelle; sie war an dem
Südzipfel des Sees, dort, wo das stets leicht erwärmte Wasser
eines kleinen Flüßchens hineintrat.

15 Man wunderte sich um so mehr über das Unglück, da die
Stelle nicht etwa eine verführerische Eiskruste ansetzte,
sondern immer offen blieb. Der Junge müßte geradezu mit
geschlossenen Augen hineingefahren sein, meinte man.

Kielblock hatte so viel gewonnen, daß er in bester Laune
20 der Überzeugung Ausdruck gab, den ganzen verlorenen
Maskenball wieder in seiner Tasche zu haben. Ohne weitere
Einwände fügte er sich deshalb auch den Bitten seiner Frau,
nun doch endlich aufzubrechen.

Der Abschied von den Freunden dauerte lange. Man hatte
25 ein Tanzkränzchen für den folgenden Sonntag in aller Eile
zu besprechen. Kielblock verpflichtete die Anwesenden aufs
Wort, sich daran zu beteiligen. Man sagte zu und trennte
sich endlich. Kielblocks nahmen den Weg nach dem Seeufer.

Senkrecht über der bläulichen Eisfläche stand der Voll-
30 mond, wie der Silberknauf einer riesigen, funkenbestreuten
Kristallkuppel schien er in den Äther gefügt. Ein Lichtnebel
ging von ihm aus und rann magisch um alle Gegenstände
der Erde. Luft und Erde schienen erstarrt im Frost.

Frau Mariechen samt dem Kleinen saß bereits seit
35 geraumer Zeit auf dem Schlitten, als Kielblock noch immer
fluchend an seinen Schlittschuhen herumhantierte. Die
Hände starben ihm ab, er konnte nicht fertig werden.
Gustavchen weinte.

Frau Kielblock trieb ihren Mann zur Eile; die Luft stäche
40 sie wie mit Nadeln. Kielblock wußte das selbst: es kam ihm
vor, als ritze man die Haut seines Gesichts und seiner Hände
mit Glaserdiamanten.

Endlich fühlte er die Eisen fest unter seinen Sohlen. Noch
konnte er jedoch den Schlitten nicht anfassen; deshalb
steckte er die Hände in die Taschen, um sie ein wenig
auftauen zu lassen. Währenddessen schnitt er einige Figuren
5 in das Eis. Es war hart, trocken und durchsichtig wie Glas.

„In zehn Minuten sind wir drüben", versicherte er dann,
den Stuhlschlitten mit einem kräftigen Ruck in Bewegung
setzend.

Spielend schoß das Gefährt in die Eisfläche, in gerader
10 Linie auf den gelben Lichtschein zu, welcher jenseits des
Sees aus einem Fenster des Kielblockschen Häuschens fiel.
Es war die Lampe der Großmutter, welche den Segelmacher
schon oft, auch in mondlosen Nächten, sicher geleitet hatte.
Fuhr man vom Stebener Wirtshaus in gerader Linie darauf
15 zu, so hatte man überall gleichmäßig festes Eis unter den
Füßen.

„Det is noch een Schlußverjnüjen", schrie Kielblock mit
heiserer Stimme seiner Frau ins Ohr, die indes vor Zähne-
klappern nicht antworten konnte. Sie drückte Gustavchen
20 fest an sich, der leise wimmerte.

Der Segelmacher schien wirklich unverwüstlich; denn
in der Tat war diese Mondscheinpartie trotz der vorher-
gegangenen Strapazen ganz nach seinem Geschmack. Er
machte allerhand Mätzchen, ließ den Schlitten im wildesten
25 Lauf aus den Händen gleiten und schloß hinter ihm drein,
wie der Falke hinter seiner Beute. Er schleuderte ihn
wiederholt aus Mutwillen dermaßen, daß seine Frau laut
aufkreischte.

Immer klarer und klarer wurden die Umrisse des
30 Häuschens; schon erkannte man die einzelnen Fenster
desselben, schon unterschied man die Großmutter in dem
Lichtschein der Lampe, als es plötzlich dunkel wurde.

Kielblock wandte sich erschreckt und gewahrte eine
ungeheure Wolkenwand, welche, den ganzen Horizont
35 umspannend, unbemerkt ihm im Rücken heraufgezogen war
und soeben den runden Vollmond eingeschluckt hatte.

„Nun aber schnell", sagte er und stieß des Gefährt mit
doppelter Geschwindigkeit vor sich her über das Eis.

Noch blieb das Häuschen vom Mond beleuchtet: aber
40 weiter und weiter kroch der riesige Wolkenschatten über den
See hin, bis er diesen samt dem Häuschen mit undurch-
dringlicher Finsternis überzogen hatte.

Unbeirrt steuerte Kielblock auf den Lichtschein zu, welcher von der Lampe der Großmutter herrührte. Er sagte sich, daß er nichts zu fürchten habe, wurde aber dennoch von einer unsichtbaren Gewalt zur Eile angetrieben. Er raffte all seine Kraft zusammen; der Schweiß quoll ihm aus allen Poren; sein Körper brannte; er keuchte. . . .

Die junge Frau saß zusammengebogen und hielt das Kleine krampfhaft an sich gepreßt. Sie sprach kein Wort, sie rührte sich nicht, als fürchte sie anders die Schnelligkeit der
10 Fahrt zu beeinträchtigen. Auch ihre Brust beklemmte ein unerklärliches Angstgefühl; sie hatte nur den einen Wunsch, am Ziel zu sein.

Unterdessen war es so schwarz geworden, daß Kielblock sein Weib, diese ihr Kind nicht mehr sah. Dabei rumorte
15 der See unter dem Eispanzer unaufhörlich. Es war ein Schlürfen und Murren, dann wieder ein dumpfes verhaltenes Aufbrüllen, dazu ein Pressen gegen die Eisdecke, so daß diese knallend in großen Sprüngen barst.

Die Gewöhnung hatte Kielblock gegen das Unheimliche
20 dieser Erscheinung abgestumpft; jetzt war es ihm plötzlich, als stünde er auf einem ungeheuren Käfig, darin Scharen blutdürstiger Raubtiere eingekerkert seien, die, vor Hunger und Wut brüllend, ihre Tatzen und Zähne in die Wände ihres Kerkers knirschend eingruben.
25 Von allen Seiten prasselten die Sprünge durch das Eis.

Kielblock war am See groß geworden, er wußte, daß bei einer zwölfzölligen Eisdecke ein Einbruch unmöglich sei. Seine Phantasie indes begann zu schweifen und gehorchte nicht mehr ganz seinem gesunden Urteil. Es kam ihm
30 zuweilen vor, als öffneten sich unter ihm schwarze Abgründe, um ihn samt Weib und Kind einzuschlingen.

Ein gewitterartiges Grollen wälzte sich fernher und endete in einem dumpfen Schlag dicht unter seinen Füßen.

Die Frau schrie auf.
35 Eben wollte er fragen, ob sie verrückt geworden sei, da bemerkte er etwas, das ihm den Laut in die Kehle zurücktrieb. Der einzige Lichtpunkt, welcher ihn bisher geleitet, bewegte sich — wurde blasser und blasser — zuckte auf — flackerte und — verschwand schließlich ganz.
40 „Um Jottes willen, was fällt Muttern ein", stieß er unwillkürlich hervor, und jach wie ein Blitzstrahl durchfuhr sein Gehirn das Bewußtsein einer wirklichen Gefahr.

Er hatte angehalten und rieb sich die Augen; war es Wirklichkeit oder Täuschung? Fast glaubte er an die letztere; das Lichtbild der Netzhaut täuschte ihn. Endlich zerrann auch dieses, und nun kam er sich vor wie in Finsternis ertrunken. Noch glaubte er indes, die Richtung genau zu wissen, in welcher das Licht erloschen war, und fuhr pfeilgeschwind darauf zu.

Unter das Getöse des Sees mischte sich die Stimme seiner Frau, welche vor ihm aus der Finsternis drang und ihm allerhand Vorwürfe machte; warum man nicht zu Hause geblieben und so weiter.

Es vergingen einige Minuten. Endlich glaubte man, Hundegebell zu hören. — Kielblock atmete erleichtert auf. Da — ein verzweifelter Schrei — ein Ruck — die Funken stoben unter seinen Stahlschuhen hervor; mit fast übermenschlicher Kraft riß er den Schlitten herum und hielt an.

Der rechte Arm seiner Frau umklammerte zitternd und krampfhaft den seinen. Er wußte, sie hatte den Tod geschaut.

„Sei ruhig, Miezchen, et is ja nichts", tröstete er mit bebender Stimme, und doch war ihm selbst gewesen, als habe eine schneekalte, verweste Hand an sein heißes Herz gegriffen.

Die junge Frau bebte wie Espenlaub; ihre Zunge schien gelähmt. „Oh! oh! . . . mein Gott . . . mein Gott!" war alles, was sie hervorbrachte.

„Was aber in aller Welt ist denn los, Menschenskind, so sprich doch, um Himmels willen sprich doch!"

„Dort . . . dort . . .", stieß sie hervor. „Ich hab's gehört . . . ganz deutlich . . . Wasser . . . Wasser, das offne Wasser!"

Er lauschte gespannt. „Ich höre nichts!"

„Ich hab's gesehen, wahrhaftig, ich hab's gesehen, ganz deutlich . . . dicht vor mir . . . wahrhaftig."

Kielblock versuchte, die dicke Luft mit den Blicken zu durchbohren — vergebens. Es war ihm, als habe man ihm die Augen aus dem Kopfe genommen und er mühe sich ab, mit den Höhlen zu sehen. „Ich sehe nichts."

Die Frau beruhigte sich ein wenig. „Aber et riecht doch wie Wasser."

Er erklärte, sie habe geträumt, und fühlte doch seine Angst wachsen.

Gustavchen schlief.

Langsam wollte er weiterfahren; aber seine Frau stemmte
sich dagegen mit allen Kräften der Todesangst. In weiner-
lichen Lauten beschwor sie ihn, umzukehren; als er nicht
still hielt, gebärdete sie sich wie eine Wahnsinnige: „Es
bricht, es bricht!"

Nun riß ihm die Geduld. Er schalt seine Frau, sie sei
schuld mit ihrem verfluchten Geheul, wenn er samt ihr und
dem Kinde ersöffe. Sie solle das Maul halten, oder er lasse
sie, so wahr er Kielblock heiße, allein mitten auf dem See
stehen und fahre davon. Als alles nichts half, verlor er die
Besinnung und schwatzte sinnloses Zeug durcheinander.
Hierzu kam noch, daß er nun wirklich nicht mehr wußte,
wohin er sich wenden sollte. Die Stelle aber, auf der er
stand, schien ihm mürbe und unsicher. Vergebens suchte er
die furchtbare Angst zu bemeistern, welche auch ihn mehr
und mehr zu beherrschen begann. Die Gaukeleien erfüllten
sein Hirn, er zitterte, er röchelte Stoßgebete; sollte es denn
wirklich und wahrhaftig zu Ende gehen? Heute rot, morgen
tot — er hatte es nie begriffen. Heute rot, morgen tot —
morgen — tot, was war das: „tot"? Er hatte es bisher nicht
gewußt, aber jetzt — nein, nein!

Kaltes Entsetzen faßte ihn, er wendete den Schlitten, er
nahm einen Anlauf, mit letzter, gewaltiger Kraftanstrengung
— Rettung um jeden Preis, und nun — ein klatschendes
Geräusch, ein Spritzen, Schäumen und Prickeln aufgestörter
Wassermassen — ihm verging das Bewußtsein.

Ein Augenblick, und er wußte, daß er geradeswegs in die
offene Stelle des Sees hineingefahren sei. Seine kräftigen
Glieder durchwühlten das schwarze Wasser; er stampfte die
eiskalte Flut mit übermenschlicher Kraft, bis er fühlte, daß
er wieder atmen konnte.

Ein Schrei entrang sich seiner Brust, weithin gellend —
ein zweiter — ein dritter, die Lunge mochte mitgehen, der
Kehlkopf zerspringen; ihm grauste vor dem Laut der eigenen
Kehle, aber er schrie — er brüllte wie ein Tier: „Hilfe, helft
uns — wir ertrinken — Hilfe!"

Gurgelnd versank er dann und der Schrei mit ihm, bis er
wieder auftauchte und ihn von neuem herausheulte.

Er hob die Rechte übers Wasser, er suchte immer schreiend
nach Halt — umsonst; wieder versank er. Als er auftauchte,
war es licht um ihn. Drei Armlängen etwa zu seiner Linken
begann die Eiskruste, die sich hier in großem Bogen um

einen offenen Wasserspiegel zog. Er strebte sie zu erreichen.
Noch einmal sank er, endlich griff er sie, seine Finger glitten
ab, er versuchte aufs neue und grub sie ein, als wären es
Krallen — er zog sich empor. Bis zu den Schultern war er
5 über Wasser, seine angststierenden Augen dicht über der
jetzt wieder weiß im Mondschein brennenden Eisfläche.
Da — da lag sein Häuschen — weiterhin das Dorf, und dort
— wahrhaftig — Laternen — Lichter — Rettung! Wieder
durchzitterte sein Ruf die Nacht.
10   Er horchte gespannt.
Hoch aus der Luft fiel ein Laut. Wildgänse strichen durch
den Kuppelsaal der Sterne und jetzt einzelne dunkle Punkte
durch den Vollmond. Hinter sich vernahm er ein Brodeln
und Gären der Wasser. Blasen stiegen, er fühlte sein Blut
15 erstarren; ihn schauderte, sich zu wenden, und er wandte
sich doch. Eine dunkle Masse quoll auf und versank in
Zwischenräumen. Ein Schuh, eine Hand, eine Pelzmütze
wurden sichtbar; das Ganze wälzte sich näher und näher, er
wollte es haschen, aber wieder versank es.
20   Ein todbanger Moment — dann wahnsinniges Gelächter.
Er fühlte, wie ein Etwas sich von unten her um ihn klam-
merte; erst griff es seinen Fuß — nun umschnürte es seine
Beine — bis zum Herzen kam es herauf — sein Blick ver-
glaste — seine Hände glitten ab — er sank — dumpfes fernes
25 Brausen — ein Gewirr von Bildern und Gedanken — dann
— der Tod.

Man hatte im Dorfe den Hilferuf vernommen.
Arbeiter und Fischer sammelten sich auf der Unglücksstätte. Nach Verlauf einer Stunde zog man die Leiche eines
30 Kindes aufs Eis. Man schloß aus dem Alter desselben, daß
noch ein Erwachsener ertrunken sein müßte.
Als weitere Nachforschungen erfolglos blieben, meinte
ein Fischer, man solle Netze auslegen. In Netzen fing man
denn auch, gegen drei Uhr des Morgens, die Leichen des
35 jungen Ehepaares.
Da lag nun der lustige Segelmacher mit verzerrtem,
gedunsenem Gesicht, mit gebrochenen Augen die Tücke
des Himmels anklagend. Seine Kleider trieften, aus seinen
Taschen flossen schwarze Wasserlachen. Als man ihn auf
40 eine Bahre lud, fiel eine Anzahl kleiner Münzen klingend aufs
Eis.

Die drei Leichen wurden erkannt und nach dem Kielblockschen Hause geschafft.

Man fand die Tür desselben verschlossen; kein Licht
leuchtete aus den Fenstern. Ein Hund bellte innen, aber
5 selbst auf wiederholtes Klopfen öffnete niemand. Ein
Fischer stieg durch das Fenster in die finstere Wohnstube;
seine Laterne erleuchtete dieselbe nur mäßig, sie war leer.
Mit seinen Wasserstiefeln ein lautes Geräusch machend, von
einem kleinen braunen Hündchen angekläfft, schritt er quer
10 hindurch und gelangte an eine kleine Tür, die er ohne
weiteres aufstieß. Ein Laut der Verwunderung entfuhr ihm.

Inmitten eines fensterlosen Alkovens saß eine steinalte
Frau; sie war über einem grünen Kasten, welcher mit Gold-,
Silber- und Kupfermünzen angefüllt offen am Boden stand,
15 eingenickt. Ihre rechte Hand stak bis über die Knöchel im
Metall, auf ihrer linken ruhte das Gesicht. Über ihren fast
kahlen Scheitel warf das spärliche Flämmchen der herab-
gebrannten Lampe ein dunstiges, falbes Licht.

APPENDIX

Es poltert der Zug durch die Mondscheinnacht,
die Räder dröhnen und rasen.
Still sitz' ich im Polster und halte die Wacht
unter sieben schnarchenden Nasen.
5 Die Lampe flackert und zittert und zuckt,
und der Wagen rasselt und rüttelt und ruckt,
und weit, wie ins Reich der Gespenster,
weit blick' ich hinaus in das dämmrige Licht,
und schemenhaft schau' ich mein blasses Gesicht
10 im lampenbeschienenen Fenster.

Da rast es nun hin mit dem brausenden Zug
an Wiesen und Wäldern vorüber,
über Mauern, Stakete und Bäume im Flug,
und trüber blickt es und trüber.
15 Und jetzo, wahrhaftig, ich täusche mich nicht,
jetzt rollen über mein Schattengesicht
zwei schwere und leuchtende Tränen.
Und tief in der Brust mir klingt es und singt's,
und fiebernd das Herz und die Pulse durchdringt's,
20 ein wildes, ein brennendes Sehnen.

Ein Sehnen hinaus in das Mondscheinreich,
das fliegend die Drähte durchschneiden.
Sie tauchen hernieder und steigen zugleich,
vom Zauber der Nacht mich zu scheiden.
25 Doch ich blicke hinaus, und das Herz wird mir weit,
und ich lulle mich ein in die selige Zeit,
wo nächtlich tanzte am Weiher
auf Mondlichtstrahlen die Elfenmaid,
dazu ihr von minniger Wonne und Leid
30 der Elfe spielte die Leier.

Der Elfe, er spielte die Leier so schön
die Gräslein mußten ihm lauschen,

der Mühlbach im Sturze vernahm's und blieb stehn,
vergessend sein eigenes Rauschen.
35 Maiblume und Rotklee weineten Tau,
und wonnige Schauer durchbebten die Au,
und Sänger lauschten im Haine.
Sie lauschten und lernten vom Elfen gar viel
und stimmten ihr duftendes Saitenspiel
40 so zaubrisch und rein wie das seine.

Vorüber, vorüber im sausenden Takt!
Kein Zauber nimmt dich gefangen,
der du schwindelhoch über dem Katarakt
und tief durch die Berge gegangen.
45 Du rasender Pulsschlag der fiebernden Welt,
du Dämon, der in den Armen mich hält
und trägt zu entlegener Ferne!
Ich bliebe so gerne im Mondenschein
und lauschte so gerne verschwiegen allein
50 der Zwiesprach' seliger Sterne!

Rauchwolken verhüllen das dämmernde Bild
und schlingen weißwogende Reigen.
Doch unter mir stampft es und schmettert es wild,
und unter mir will es nicht schweigen.
55 Es klingt wie ein Ächzen, es rieselt wie Schweiß,
als schleppten Zyklopen hin über das Gleis
den Zug auf ehernen Armen.
Und wie ich noch lausche, beklommen und bang,
da wird aus dem Chaos ein Donnergesang,
60 zum Grauen zugleich und Erbarmen:

„Wir tragen euch hin durch die duftende Nacht,
mit keuchenden Kehlen und Brüsten.
Wir haben euch güldene Häuser gemacht,
indessen wie Geier wir nisten.
65 Wir schaffen euch Kleider. Wir backen euch Brot.
Ihr schafft uns den grinsenden, winselnden Tod.
Wir wollen die Ketten zerbrechen.
Uns dürstet, uns dürstet nach eurem Gut!
Uns dürstet, uns dürstet nach eurem Blut!
70 Wir wollen uns rächen, uns rächen!

Wohl sind wir ein rauhes, blutdürstend Geschlecht,
mit schwieligen Händen und Herzen.
Doch gebt uns zum Leben, zum Streben ein Recht
und nehmt uns die Last unsrer Schmerzen!
75 Ja, könnten wir atmen, im keuchenden Lauf,
nur einmal erquickend, tief innerlich auf,
so, weil du den Elfen bewundert,
so sängen wir dir mit Donnergetön
das Lied, so finster und doch so schön,
80 das Lied von unserm Jahrhundert!"

Willst lernen, Poetlein, das heilige Lied,
so lausche dem Rasseln der Schienen,
so meide das schläfrige, tändelnde Ried
und folge dem Gang der Maschinen;
85 beachte den Funken im singenden Draht,
des Schiffes schwindelnden Wolkenpfad,
und weiter, o beuge dich nieder
zum Herzen der Armen, mitleidig und mild,
und was es dir zitternd und weinend enthüllt,
90 ersteh' es in Tönen dir wieder!

Es poltert der Zug durch die Mondscheinnacht,
die Räder dröhnen und rasen.
Still sitz' ich im Polster und halte die Wacht
unter sieben schnarchenden Nasen.
95 Die Lampe flackert und zittert und zuckt,
und der Wagen rasselt und rüttelt und ruckt,
und tief aus dem Chaos der Töne,
da quillt es, da drängt es, da perlt es empor
wie Hymnengesänge, bezaubernd mein Ohr,
100 in erdenverklärender Schöne.

Und leise auf schwillt es, und ebbend verhallt's
im schmetternden Eisengeklirre.
Und wieder erwacht es, und himmelauf wallt's
hervor aus dem Tönegewirre.
105 Und immer von neuem versinkt es und steigt.
Und endlich verweht's im Tumulte und schweigt
und läßt mir ein heißes Begehren,
das sinneberückende Zaubergetön
von himmlischen Lenzen auf irdischen Höhn
110 zu Ende, zu Ende zu hören.

WELTWEH UND HIMMELSSEHNSUCHT

Wie eine Windesharfe
sei deine Seele,
Dichter!
Der leiseste Hauch
5   bewege sie.

Und ewig müssen
die Saiten schwingen
im Atem des Weltwehs;
denn das Weltweh
10   ist die Wurzel
der Himmelssehnsucht.

Also steht deiner Lieder
Wurzel begründet
im Weh der Erde;
15   doch ihren Scheitel krönet
Himmelslicht.

NOTES

(a) Bahnwärter Thiel

p. 1, l. 1. **der Bahnwärter** (-), lineman, signalman, flagman. (Cf. *der Wärter*, watchman, keeper; cf. *der Krankenwärter* (male), nurse.) His main duties were: (*a*) to lower the barrier at the level-crossing, when a train was due; (*b*) to stop an oncoming train, when necessary; (*c*) to see that his section of the track was kept in good repair. Before the Second World War, the officials and employees of the well-organized and very efficient German State Railways (*die Deutsche Reichsbahn*) were divided into seventeen salary and wage groups; the 'Bahnwärter' were in the lowest group, Group 17.

p. 1, l. 2. **Neu-Zittau,** a small village south-east of Berlin, not far from Erkner. With regard to Hauptmann's use of actual place-names in *Bahnwärter Thiel*, see Introduction, p. xxvi.

p. 1, l. 4. **infolge eines (vom Tender der Maschine während des Vorbeifahrens herabgefallenen) Stückes Kohle,** as the result of a piece of coal which fell from the tender of a locomotive as it passed by.

p. 1, l. 13. Thiel lived at Schön-Schornstein, a tiny hamlet on the river Spree. **Kolonie,** a few cottages, a small settlement. Cf. 8, 7, where Hauptmann describes the hamlet as consisting of about *eight* little houses. Cf. 10, 6, where he speaks of about *twenty* fishermen and foresters, with their families! Cf. note on 31, 38 for a similar slip.

The Spree is a small sluggish river, which meanders through the heart of Berlin, including the important district of Charlottenburg, until it joins the river Havel, a tributary of the river Elbe, at Spandau. The area of forests, swamps, waterways, and canals south-east of Berlin, through which the Spree flows, is known as the Spreewald.

p. 1, l. 17. **das Frauenzimmer,** woman, female. When the word 'Frauenzimmer' appeared in the late Middle Ages, its meaning was quite literal, i.e., the room occupied by the housewife and the other female members of the household. But in the seventeenth and eighteenth centuries, the Frauenzimmer came to be applied to an individual woman, and the plural—die Frauenzimmer—was formed. It usually referred to a woman of high station; Goethe used it in this sense. The word fell out of use, except in a contemptuous, or abusive, or joking sense; but Hauptmann did not use it in any of these ways in *Bahnwärter Thiel*, where it is practically synonymous with 'Frau'; cf. 2, 9; 29, 10.

p. 1, l. 18. **herkulisch,** herculean; Hercules, the Roman name for a hero of Greek mythology, famous for his great strength.

p. 1, l. 22. **das Weib** (-er), woman; wife. The word has been superseded by *die Frau* (-en)=woman, and *die Ehefrau*=wife; it is now regarded as Biblical or old-fashioned; or it is used in a contemptuous, abusive, or joking sense. But in *Bahnwärter Thiel* Hauptmann uses it simply as a synonym for 'Frau'; cf. 4, 7; 18, 6; 24, 27; 27, 2; see note on 1, 17.

p. 2, l. 12. **Ihr,** you. (*2nd pers. pl.*) was formerly a polite form of address; it has now been almost entirely superseded by *Sie* (*2nd pers. pl.*); cf. *du* (*2nd pers. sing.*), with its plural *ihr*, which are used by members of a family, and other close associates and friends; *sich duzen*, say 'du' to each other; see note on 40, 39. The old form 'Ihr' continued in some districts, and was used particularly by superiors when addressing inferiors; the pastor naturally feels superior to Thiel and therefore not called upon to use the polite form 'Sie'; but perhaps he does not know Thiel well enough to use the familiar 'du'. Cf. 35, 6: the fisherman first of all addresses Kielblock with 'Ihr', perhaps in order to avoid both the too polite 'Sie', and the too familiar 'du'; but once friendly contact has been established, he falls back into the familiar 'du' (35, 10, *dir=dich*; *de=du*). Cf. 40, 30; 41, 4; 41, 33: at the ball, Kielblock and the others address each other with du and ihr.

p. 2, l. 17. **Der Junge geht mir drauf,** I shall lose my boy, i.e., he will die. *Drauf-gehen,* perish. It also means: be consumed (*or* taken up); see 19, 28.

p. 2, l. 40. **dass ihm die Seele abging** (from *ab-gehen*), that her face lacked soul.

p. 3, l. 4. **etwas mit in (den) Kauf nehmen,** accept as part of the bargain, put up with, make the best of.

p. 3, l. 7. **das Regiment im Hause führen,** rule the roost.

p. 3, l. 9. **das Mensch,** hussy, baggage; vulgar term of contempt and abuse, applied to a woman; *der Mensch* (-en), person, human being; *die Menschen* (*pl.*), people (including both men and women).

p. 3, l. 11. **es gäbe** (*past subj.*, reported speech after *äußern*, say, express a view) **welche, bei denen sie greulich anlaufen würde,** if she ran up against some men, she would get terribly hurt.

p. 3, l. 14. **Durchgewalkt müsse sie werden, daß es zöge** (*past subj. of ziehen*), She ought to be thoroughly thrashed, so that it really made her sore. *Durch-walken,* thrash; *walken,* full (a piece of cloth).

p. 3, l. 23. **schien ihm** (*dat.*) **wenig an-haben zu können,** seemed able to affect him little.

p. 3, l. 32. Lene may be the abbreviated form of Helene; but it is more probably Magdalene. This is the first mention of her name. Lenens is genitive, cf. 3, 36; cf. 6, 23, *Lenen,* dative after *gelingen* (*gelang, gelungen*), which is used impersonally+*dative,* succeed.

p. 3, l. 40. **Er ließ sich am Ende herab,** he lowered (*or* brought) himself in the end; *sich herab-lassen* (*läßt sich herab, ließ sich herab, sich herabgelassen*) **ihm gut zu sein,** be nice to him.

p. 4, l. 1. **märkisch**; Adjective from *die Mark* (Brandenburg), the historical nucleus and chief province of Prussia with Berlin as its focal point. Characteristic for the province are the sandy, unfertile soil, the pine forests, and the numerous lakes. The word 'Mark' signifies that in the early Middle Ages the area marked the frontier of German expansion eastwards; cf. the 'Marches' between England and Wales. See Introduction, p. xx.

p. 4, l. 22. **die Bude** (-n), room, lodging, den; cf. the English word booth; here it means hut. A student refers to his room as 'Bude'; hence such phrases as 'Leben in die Bude bringen.'

p. 4, l. 41. **leibhaftig,** in the flesh (*or* in person); *der Leib* (-er), body.

p. 5, l. 14. **im übrigen** (=*übrigens*), besides, in addition.

p. 5, l. 17. Kaiser Wilhelm I (1797-1888), proclaimed German Emperor at Versailles on January 18, 1871, at the close of the Franco-German War of 870-71. Breslau, the capital of Silesia; see Introduction, p. xi, footnote.

p. 5, l. 32. **mit unterlief,** took place; *mit unterlaufen* (*läuft mit unter, lief mit unter, mit untergelaufen*); cf. *es können leicht Fehler mit unterlaufen,* mistakes can easily creep in.

p. 6, l. 9. der zurückgebliebene Tobias, the backward Tobias, i.e., his physical and mental development had been slow and retarded.

p. 6, l. 10. von Gesundheit strotzen, overflow (*or* be exuberant) with (good) health.

p. 6, l. 28. schweres Geld, a deal of money; cf. *teueres Geld.*

p. 7, l. 6. vorberegt (=*beregt*) (old-fashioned, official *or* legal usage), aforesaid, previously discussed.

p. 7, l. 7. der Bahnmeister (-), inspector of the permanent way; a railway official of fairly high rank, in Group 7, as compared with Group 17; see note on 1, 1; cf. 7, 28.

p. 7, l. 15. bei alledem, in addition.

p. 7, l. 39. sich drücken, creep away; cf. *sich polnisch drücken = sich französisch verabschieden = filer à l'anglaise* = take French leave.

p. 8, l. 8. schwach belaubte Pappeln, poplars with scanty foliage; *das Laub,* leaves; *die Pappel* (-n), poplar.

p. 8, l. 11. bei nur irgend erträglichem Wetter, if the weather was at all tolerable; *erträglich,* from *ertragen* (*erträgt, ertrug, ertragen*), bear.

p. 8, l. 17. der Fitschepfeil, some kind of dart, probably made from reeds; *der Pfeil* (-e), arrow; *Fitsche* may be connected with *der Flitz,* the arrow of *der Flitzbogen,* a child's crossbow; cf. the French word *la flèche,* arrow; cf. *flitzen,* flit (*or* shoot) along.

p. 8, l. 18. das Weidenpfeifchen, little pipe cut out of a willow-branch; cf. *die Weidenflöte* (-n); *die Weide* (-n), willow; *die Flöte* (-n), flute. *Er ließ sich sogar herbei, das Beschwörungslied zu singen,* He even let himself be persuaded to sing the magic formula (which was apparently connected with making and playing these willow-pipes); *beschwören,* swear an oath; *Geister beschwören,* call up spirits.

p. 8, l. 22. verübelten ihm (dat.) **seine Läppschereien** (colloquial word), blamed him for (*or* were annoyed by) his silly (*or* childish) tricks; *läppisch,* silly, childish.

p. 8, l. 26. mit ihnen vor-nehmen, do (*or* go through) with them; *ab-hören,* hear (a pupil's lesson).

p. 9, l. 42. der Kossäte (-n), cottager, crofter; a man with a cottage *or* shack, plus a small piece of land.

p. 10, l. 20. die Plautze (vulgar word) (*der Bauch*), stomach, belly.

p. 10, l. 21. du sollst d(a)ran denken, I'll give you something to remember.

p. 10, l. 24. unmittelbar darauf entlud sich das Hagelwetter von Schimpfworten, directly afterwards the hail of abuse burst forth; *entladen* (*entlädt, entlud, entladen*), discharge.

p. 10, l. 26. der Grünschnabel (-) (=*der Gelbschnabel*), young bird (because its beak is still yellow); used figuratively to mean greenhorn, newcomer; here it probably means little idiot.

p. 10, l. 27. mein leibliches Kind, my very own child; *der Leib* (-er), body.

p. 10, l. 30. eine Portion, an der du acht Tage zu fressen hast, literally: a helping which it will take you a week to eat; here in the sense of a beating which he would not forget for a week.

p. 11, l. 4. Pfui (exclamation of disgust), Shame!

p. 11, l. 10. Du elende Göre unterstehst dich, You miserable little brat, you have the impudence (*or* cheek); *das Gör* (*or* die Göre), colloquial word, used in the general sense of a naughty child.

p. 11, l. 37. **das Gliedmaß** (-e)=*das Glied* (-er), limb.

p. 12, l. 15. **der Ort seiner Bestimmung,** appointed place, destination.

p. 13, l. 10. **die Patronentasche** (-n), cartridge pouch; Thiel carried cartridges with him so that he could explode one, as a signal for the train to stop; he also carried a red flag; cf. 18, 7, Thiel's hand felt for the cartridge pouch, as he intended to stop the train.

p. 13, l. 17. **die schwarzweiße Sperrstange** (barrier or gate); black and white are the Prussian colours; *die Stange* (-n), bar, rod; *sperren*, close.

p. 13, l. 20. **stauten die Nadelmassen sich gleichsam zurück,** the massed pine-trees rose up, as if held back; cf. *das Wasser stauen*, dam up the water.

p. 13, l. 33. **ohne dass er eines Blickes** (*gen.*) **gewürdigt wurde,** but Thiel did not so much as glance up at it; cf. 29, 22: *Thiel würdigte sie keines Blickes* (*gen.*), Thiel did not even look at her.

p. 14, l. 24. **schlug über dem Waldwinkel zusammen,** befell (*or* took possession of) this corner of the forest.

p. 15, l. 11. **des öfteren** (=*öfters*), often, frequently; *öfterer* is really a double comparative of oft.

p. 15, l. 32. **Es war ihm zumute,** He felt as if.

p. 16, l. 9. **Seine Glieder flogen,** His limbs shook.

p. 16, l. 27. **er** (=*der Donner*) **entlud sich,** the thunder broke forth; see note on 10, 24.

p. 16, l. 32. **galt der** (*dat.*) **Uhr,** was directed at (*or* reserved for) the watch; *gelten* (*gilt, galt, gegolten*), be of value (*or* valid); *gelten* has many idiomatic uses; look it up in a big dictionary!

p. 18, l. 7. See note on 13, 10.

p. 18, l. 9. **es flirrte vor Thiels Augen von Lichtern,** lights danced *or* flickered) before Thiel's eyes; *flirren*=*flimmern*.

p. 18, l. 13. **Es war ihm zumute;** see note on 15, 32.

p. 18, l. 17. **die Zeit hin-bringen,** spend (*or* pass) the time.

p. 18, l. 40. **feingeklöppelte Spitze,** finely-worked lace; *klöppeln*, make lace.

p. 19, l. 9. **Wohl wahr,** No doubt this was so.

p. 19, l. 15. **nicht das geringste Auffällige an sich,** nothing in the least remarkable (*or* strange) about him.

p. 19, l. 20. **im Begriff sein,** be on the point of.

p. 19, l. 28. **drauf-gehen,** see note on 2, 17.

p. 19, l. 36. **die Bettkante** (-n), edge of the bed; cf. *die Brotkante*, hunk of bread; *die Kante*, edge, corner; cf. *die Wasserkante*, applied to the coastal areas of the North and Baltic Seas.

p. 20, l. 25. **in Augenschein nehmen,** inspect.

p. 20, l. 30. **die Spree-Ecke,** the piece of land near the Spree, which Thiel and Lene had hitherto cultivated; cf. 6, 2a.

p. 22, l. 22. **mit gutem Anstand,** with good grace; *der Anstand*, decency propriety.

p. 22, l. 24. **die in seinen Beruf schlugen,** which entered into his work; *schlagen* (*schlägt, schlug, geschlagen*). Look up in a big dictionary for numerous idioms!

p. 22, l. 29. **das Kleine warten,** watch (*or* look after) the little one.

p. 23, l. 17. **der Zugführer** (-), (chief) guard, conductor, man in charge of the train; *der Schaffner* (-), ticket-inspector.

p. 23, l. 42. **ein Handlungsreisender im Fez,** a commerial traveller wearing a fez, i.e., a Turkish cap, like a dull-red flower pot with a black tassel.

p. 24, l. 16. **der Bahnarzt** (··e), the district doctor; appointed by the railway administration (*die Reichsbahnverwaltung*) for each railway district or section of the line.

p. 24, l. 17. **der Packmeister** (-), man in charge of the luggage-van (*der Gepäckwagen*).

p. 24, l. 20. **machte keine Anstalten** (+ *infinitive*), made no preparations to, gave no signs of.

p. 24, l. 27. **das Coupé** (French word) = *das Abteil* (-e), compartment. The passengers naturally think that Lene is the mother of the injured child.

p. 24, l. 33. **andern Sinnes geworden,** having changed his mind.

p. 24, l. 41. **wimmert in einem fort,** whimpers continuously, *or* never stops whimpering.

p. 25, l. 12. **ein Perzonenzug,** an ordinary (*or* local train); *beschleunigt,* speeded up, i.e., it did not stop at every station.

p. 25, l. 27. **seine peinlich gepflegte Uhr,** the watch which he looked after with such great care. His watch was naturally very important for his work.

p. 27, l. 34, and 28, 10. **Der liebe Gott springt über den Weg,** u.s.w.; cf. 22, 4.

p. 28, l. 12. **die Rabenmutter** (··), unnatural (*or* cruel) mother; cf. *die Rabeneltern,* unnatural parents; according to an old belief, crows throw their young ones out of the nest if they get tired of feeding them.

p. 28, l. 13. **Ein roter Nebel umwölkte seine Sinne,** A red fog clouded his senses; cf. the English expression, to see red.

p. 28, l. 35. **der Kieszug,** train carrying gravel, etc., for repair work on the track.

p. 28, l. 38. **eine reichbemessene Fahrzeit,** a generous schedule, i.e., calculated so as to leave time for delays and extra stops.

p. 29, l. 5. **In ihrer aller Wesen** (=*in dem Wesen von allen*) **lag eine rätselhafte Feierlichkeit,** A mysterious solemnity (*or* sadness) lay in the bearing of all of them; *das Rätsel* (-), riddle.

p. 29, l. 22. **Thiel würdigte sie keines Blickes;** see note on 13, 33.

p. 29, l. 39. **es entspann sich eine Beratung,** a discussion took place; *sich entspinnen* (*entspann sich, sich entsponnen*), arise.

p. 30, l. 13. **die Dahinschreitenden,** the people in the little procession; noun from *dahin-schreiten* (*schritt dahin, dahingeschritten*), walk (slowly) along.

p. 30, l. 15. **enggedrängtes Jungholz,** young trees thickly planted.

p. 30, l. 42. **hatten sie doch stark mitgenommen** (*past part.* of *mit-nehmen*), had affected her very much, *or* had made her very tired.

p. 31, l. 22. **das Schwefelholz** (··er), (sulphur) match; the modern word for match is *das Streichholz* (··er).

p. 31, l. 24. **der aufzuckende Lichtschein enthüllte eine grauenvolle Verwüstung,** the sudden burst of light revealed a ghastly scene of desolation; see *auf-zucken* (Vocabulary).

p. 31, l. 29. **Kopflos lief man umher,** They ran about distracted, *or* completely at a loss; *umher-laufen* (*läuft umher, lief umher, umhergelaufen*).

p. 31, l. 38. **das Pudelmützchen** (-), diminutive form of *die Pudelmütze* (-n), for which dictionaries suggest 'fur cap'; *der Pudel* (-), rough-haired or shaggy dog, cf. the English word poodle—apparently this kind of fur cap originally

G

called such a dog to mind. But it is hardly likely that Tobias was wearing a fur cap in June. It was probably a 'stocking-cap'; 'stocking' is here used in the sense of knitted, or made with the stocking-stitch; a knitted cap which can be pulled down over the ears (because it stretches easily), dangling down like a funnel at the back of the head, and with a bob at the end. Cf. 20, 22, *das Plüschmützchen*, the little *velvet* cap; this seems to be a slip on Hauptmann's part; see note on 1, 13.

p. 32, l. 1. **der Wärter am Block,** the (watch)man at the main signal-box.

p. 32, l. 3. **gutes Zureden,** friendly persuasion, comforting words; *zu-reden*, talk to.

p. 32, l. 11. **das Untersuchungsgefängnis** (-se), remand prison, i.e., the prison for persons awaiting trial.

p. 32, l. 12. **die Irrenabteilung,** lunatic asylum; *der Irre* (-n) (first syllable short), lunatic. The Charité, a famous Berlin hospital; *Charité* (from Latin *caritas*; cf. French: *charité*, and the English word charity).

(b) Fasching

p. 33 (Title). **Fasching** (*masculine*) comes from a Middle High German word (*vashang*), and was used originally in Bavaria and Austria to designate the days preceding Lent (in German: *die Fastenzeit*, the period of fasting), and the festivities which took place at that time. Cf. *die Fastnacht*, the night before Ash Wednesday (*der Aschermittwoch*), when Lent and fasting begin. Hans Sachs (1494-1576), the Nürnberg shoemaker and 'Meistersinger', wrote numerous 'Fastnachtspiele'. Cf. the English word 'Shrovetide', i.e., the three days before Lent, when people went to confession (shrive=give absolution), and afterwards indulged in all kinds of feasting, merry-making, and sports. Cf. Shrove Tuesday, or Pancake Day. Cf. *der Karneval*, the name used in the Rhineland for 'Fasching'. The great day in Cologne is *der Rosenmontag*, when processions of decorated wagons, and revellers in masks and fancy dress, take possession of the streets. See 37, 1 ff.: It was 'Fasching' time.... The Kielblock family were enjoying pancakes.... It was Saturday ... and they were going to a masked ball ... the last of the winter. (The 'Fasching' ball was probably arranged for Saturday, instead of Tuesday, so that those who attended would not lose any working hours.)

p. 33, l. 11. **Gelt,** Interjection (originally *3rd pers. sing., pres. subj.* (without final *e*) of *gelten*); the meaning is similar to 'Nicht wahr?'; Eh, isn't that so? Don't you agree? See note on 16, 32.

p. 33, l. 20. **heidi** (exclamation of pleasure) **ging es hinaus,** off they went shouting (hurrah).

p. 33, l. 21. **Das Häuschen lag abseits,** The little house lay a good way from the others, *or* stood by itself.

p. 33, l. 25. **Mußte die Großmutter** (inversion) **das Bett hüten,** If grandmother had to stay in bed; *hüten*, guard; cf. *Ich werde mich schwer hüten*, I'll take good care not to (do something or other). Inversion takes place when the verb comes before the subject; inversion is possible in German with any verb, whereas in English it is only possible with auxiliary verbs; inversion also occurs in English after negative adverbs; e.g., Never will I steal again, Scarcely had he entered.

p. 33, l. 33. **das Gescharr, das Getrampel, das Gejohle,** onomatopoeic words, i.e., words conveying meaning through sound; cf. the German word *die Lautmalerei* (=literally, the painting of sounds); *scharren*, scrape; *trampeln*, stamp; *johlen*, yell.

p. 33, l. 34. **der Schnapsdunst und der Bierdunst,** haze (*or* reek) of schnaps and beer; *der Schnaps* (·'e), a spirit something like gin; a common drink in Germany, particularly in the east; the best schnaps is made from grain, the worst (and cheapest) from potatoes.

p. 33, l. 37. **Wunderten sich** (inversion), If those present showed surprise. Translate similarly: *Begann Gustavchen,* and *War es satt.*

p. 34, l. 11. **verdrängt zu werden pflegte,** was usually superseded; *pflegen*: (*a*) look after, nurse; cf. *der Krankenpfleger* (-), *die Krankenpflegerin*(-nen), nurse; (*b*) used with an infinitive it gives the sense of the English words usually, generally, be accustomed to.

p. 34, l. 31. **es würde verfehlt sein,** it would be a mistake (*or* wrong); *verfehlen,* miss.

p. 35, l. 6. **Ihr,** see note on 2, 13; *loofen=laufen; ick=ich; mich=mir; een= einen; Netze=*(*das*) *Netz; koofen=kaufen; dir=dich; rin=herein; de=du.*

p. 35, l. 14. **sich die Sache befrühstücken,** think the matter over at breakfast; cf. *etwas beschlafen,* sleep on a thing, think it over till morning.

p. 35, l. 23. **das Pfennigstück** (-e); *der Pfennig* (-e), hundredth part of a 'Mark'; *die Reichsmark* (-).

p. 35, l. 39. **ab-leben,** depart this life, die; **was Gott verhüte,** which God forbid.

p. 35, l. 40. **dann setzt's noch ein anständiges Pöstchen, darauf verlaß'** (*imperative*) **dich,** there will be quite a tidy sum — you can be sure of that; *der Posten* (-), sum; *sich verlassen auf* (+*acc.*), rely on.

p. 36, l. 1. **Kamerun** (English: the Cameroons), German colony in Equatorial West Africa, between Nigeria and French Equatorial Africa; claimed by Bismarck in 1884, along with German South-West Africa; the Treaty of Versailles in 1919 placed the Cameroons under British and French mandates. Angra-Pequeña, the name of a port in German South-West Africa; changed in 1886 to Lüderitzbucht; Lüderitz was a German merchant who founded the town in 1883; *die Bucht* (-en), bay. It is interesting to note that already by 1887, i.e., only three years after Germany obtained her first colonies, this popular song was so well known to Hauptmann and Frau (Kielblock.

p. 36, l. 6. **lachte aus vollem Halse,** roared with laughter; *der Hals* (-e) neck; **mit gekniffener Schnauze,** with her jaws tightly closed; *die Schnauz* (-n), mouth of an animal, snout; *kneifen (kniff, gekniffen),* pinch, nip.

p. 36, l. 11. **das Hundevieh,** stupid animal; combination of *der Hund und das Vieh* (animal); cf. 36, 12, *das Hundebeest.*

p. 36, l. 18. **der Heller** (-), very small coin; it went out of use in North Germany after 1870, but remained in the Austrian Empire.

p. 36, l. 31. **der Schinken,** ham; **die Wurst** (·'e), sausage; **das Wellfleisch** boiled pork (from a freshly-slaughtered pig); *wellen* (=*kochen*), boil.

p. 36, l. 34. **eine sauber gedeckte Tafel,** a table spotlessly laid; *den Tisch decken,* to lay the table; *das Gedeck* (-e), cover; **Hühner-, Enten- und Gänse-braten,** roast fowl, duck, and goose.

p. 37, l. 4. **einesteils ... anderteils,** partly ... partly.

p. 37, l. 20. **bis zur Hefe auskosten,** drink to the dregs; **die Hefe,** yeast; yeast used in fermentation goes to the bottom?

p. 37, l. 25. **die Kasse** (cash-box, till) **war mager** (thin) **geworden,** funds had become low.

p. 37, l. 35. **Bekam ein Schwein den Rotlauf** (inversion), **Schlug das Segeltuch auf, fielen die Kunden ab, Kam es den beiden vor, als mache sich ein leiser Rückgang in der Wirtschaft bemerkbar, tat man des-gleichen,** If a pig got dysentery (*or* red murrain), If the price of canvas rose, if the customers fell off, If it seemed to Kielblock and his wife, as if a slight decline were making itself noticeable in their business (*or* housekeeping?), they did the same; cf. *der Aufschlag,* extra cost.

p. 38, l. 14. **eine Semmelwoche,** a wonderful week, *or* a week of Sundays; *die Semmel* (-), white roll, often eaten for breakfast, with butter and some-times jam or sausage, cf. *wie warme Semmeln abgehen,* sell like hot cakes.

p. 38, l. 31. **Na** = nun; **weene man nicht** (*imperative*) = **weine nicht; albern,** silly, stupid; **Jöhre,** Berlin pronunciation of Göre, see note 11, 10; **es tut dich** (=dir) **niemand nichts** (*double negative*); **Was fällt dir denn ein,** What are you thinking about, Why on earth . . .; **ein-fallen (fiel ein, eingefallen),** get an idea (cf. 48. 40); **mit die Arme = mit den Armen; Jusche,** Berlin form of *die Gusche* (*or* die Gosche), vulgar word for mouth; **wie der Bruder meiner Mutter; eenen = einen; mit der Schlinge gefangen,** caught with the snare.

p. 38, l. 41. **bald lauter, bald leiser,** now louder, now softer.

p. 39, l. 5. **man half sich gegenseitig beim Anziehen,** they helped each other to dress; *helfen (hilft, half, geholfen).*

p. 39, l. 12. **die Leuten** (*acc. pl.*) **das Gruseln lehren,** make people's flesh creep; *gruseln,* shudder.

p. 39, l. 15. **Det** (=*das*) **sieht ackarat** (=*akkurat*) **aus,** That looks exactly like.

p. 39, l. 21. **Kreuzmillionen,** vulgar exclamation; literally, millions of crosses; **det** (=*der*) **Unflat,** filth.

p. 39, l. 39. **zur Not,** in an emergency, *or* if absolutely necessary.

p. 40, l. 4. **jehen = gehen.**

p. 40, l. 8. **die Schwarzwälder Uhr** (-en), Black Forest clock; *der Schwarzwald,* wooded mountain-chain in south-west Germany; since the early eighteenth century, clocks and watches have been made in small towns in this area.

p. 40, l. 9. **herunter-leiern,** gabble, reel off; cf. *der Leierkasten,* barrel-organ.

p. 40, l. 20. **die Zigeunerin** (-nen), *fem.* of *der Zigeuner* (-); **die Marke-tenderin** (-nen), camp-follower. Their escorts (*Kavaliere*) were farm-labourers and railway-employees.

p. 40, l. 29. **Gevatter Halsabschneider,** dear old cut-throat; *der Gevatter,* old-fashioned word for godfather; used colloquially to mean friend, pal, etc.; *jekenkt,* = *gehenkt,* hanged; cf. *der Gehenkte,* person hanged; cf. *der Henker,* hangman.

p. 40, l. 39. **mit dem leibhaftigen Sensenmann die Brüderschaft getrunken hätte,** would have drunk to (eternal) brotherhood with Death in person; *leibhaftig,* see note on 4, 40; *die Sense* (-n), scythe; *die Brüderschaft,* or *die Blutsbrüderschaft,* a relationship which imposes the same obligations as exist (theoretically) between blood-brothers, particularly that of loyalty (*die Treue*); among primitive peoples the new relationship was often sealed by mingling drops of blood; according to an old Germanic custom a drop of blood was allowed to fall into a goblet of water or wine—hence *Brüderschaft, trinken;* the modern German custom is for two persons to interlock arms and drink to each other simultaneously; from now they address each other in the 2nd pers. sing.; see note on 2, 13.

p. 41, l. 4. **scholl es durcheinander,** resounded from all sides; *schallen (scholl, geschollen)*, cf. 41, 17.

p. 41, l. 8. **er ist mit allen Hunden gehetzt (worden),** literally: he has been hunted (*or* set upon) by all kinds of dogs, i.e., he has been through all kinds of dangers, and has therefore become experienced and cunning; cf. *mit allen Wassern gewaschen,* which has a similar meaning.

p. 41, l. 13. **en bißken = ein bißchen,** a little; **nun habe ick's ooch dick** (=*auch satt*), I've had enough of that; cp. English, I am fed up.

p. 41, l. 18. **mit schneidendem Ruck,** with a sudden start; *schneiden (schnitt, geschnitten),* cut; *der Ruck,* push, jerk.

p. 41, l. 23. **zeijen, det man leben tut = zeigen, daß man lebt;** in colloquial German a part of *tun* is sometimes linked with an infinitive, instead of giving the appropriate part of that infinitive; particularly for emphasis; cf. the English use of do as an auxiliary, e.g., that one does really live.

p. 41, l. 26. **M. überwand sich, um nicht aufzuschreien, die Sinne vergingen ihr** (*dat.*) **fast,** It cost M. a great effort, not to cry out (loud), she almost fainted; *sich überwinden (überwand sich, sich überwunden),* master oneself.

p. 41, l. 27. **Es war, als habe** (*pres. subj.*) **ihr Mann in dem „Toten-spielen" ein Haar gefunden und wühle sich** (*pres. subj.*) **in das Leben zurück,** It was as if her husband had had enough of "playing the dead man" and as if he were burrowing his way back to life; *ein Haar finden in etwas,* find a flaw in (*or* be disgusted by) something; the phrase is taken from finding a hair in food; *wühlen* is used for animals, e.g., moles; *der Wühler* (-), burrowing animal; the word is appropriate here, because it gives the idea of struggling out of the grave, and back to the surface of life.

p. 41, l. 34. **pankrott = bankrott,** bankrupt; **die Olle** (=*die Alte*), old woman; colloquial and vulgar for *die Frau,* wife; by describing her as 'eine schwere Frau', Kielblock wishes to imply that his wife is rich as well as strongly built.

p. 41, l. 36. **der Ingwerschnaps,** schnaps flavoured with ginger.

p. 41, l. 41. **wankten und wichen nicht,** did not waver or budge; *weichen (wich, gewichen),* give way, retreat.

p. 42, l. 4. **Gottes Segen bei Cohn,** name of a game of chance, played with cards for money.

p. 42, l. 18. **Der Heidekrug,** name of an inn; *der Krug* (¨e), jug, tankard; since the late Middle Ages a common name in North Germany, particularly in country districts, for the chief inn or tavern; public meetings were often held there; cf. *der Krüger* (-), inn-keeper; *die Heide,* heath; cf. *die Lüneburger Heide,* a stretch of heath country north of Hanover; cf. *das Heidekraut,* heather; cf. *der Heide* (-n), heathen.

p. 42, l. 28. **der Lichtstaub,** particles of dust, which showed up in the bright sunlight.

p. 42, l. 29. **die Luke** (-n) ,opening, slit; *das Luk* (North German word), ship's hatchway.

p. 42, l. 42. **nach dem Rechten sehen,** see that everything was all right.

p. 43, l. 14. **vor sich hin-schelten** (*schalt hin, hingescholten*), complain to oneself, mutter abuse.

p. 43, l. 18. **Ach wat, et is jenug = Ach was, es ist genug.**

p. 44, l. 6. **das Gejohl,** yelling (from *johlen*); **das Gekreisch,** shrieking from (*kreischen*); **der Haufe** (-n), heap; group (of people), party.

p. 44, l. 19. **eine Leere, vor der ihm graute,** a void which made him shudder; *grauen* (used reflexively; or impersonally + dat. of the person); vor (+dat.), be afraid of; cf. the words of Gretchen at the end of Goethe's *Faust*, Part I: *Heinrich, mir graut's vor dir,* Henry, I shudder to think of thee.

p. 44, l. 25. **Sich aufs Ohr hauen, das wäre doch sündhaft,** To lie down (*or* take a nap), that would be a crime; the usual phrase is: *sich aufs Ohr legen,* but *hauen* (hew, whip, etc.) is even more colloquial and stronger.

p. 45, l. 13. **zu Essig werden,** come to nothing; *der Essig,* vinegar; cf. *damit ist es Essig,* that's finished it, etc. Probable origin of such idioms: carelessness or bad luck in the making of wine produces 'Weinessig', i.e., not wine but vinegar.

p. 45, l. 27. **das Gastzimmer** (-), (in an inn or hotel) general room; (in a private house) guest room.

p. 45, l. 29. **meine Herrschaften,** ladies and gentlemen; *Herrschaften (pl.)* is used in the sense of superiors, employers, etc.

p. 45, l. 30. **die Zeche ein-streichen,** take payment; **die Zeche,** bill (for drinks); *die Zeche* also means the drinking-bout; *zechen,* booze; *der Zecher* (-), (hard) drinker.

p. 45, l. 37. **das soundsovielte** (*adj.* from *so und so viel*) **Glas,** the last of numerous glasses; the meaning is that he had lost count.

p. 46, l. 5. **hieb eine Karte auf die Tischplatte,** slammed a card down on the table(-top).

p. 46, l. 25. **das Tanzkränzchen,** dancing party; *der Kranz* (··e), wreath; *das Kränzchen,* circle of friends who meet regularly; cf. *das Damenkränzchen, das Kaffeekränzchen.*

p. 46, l. 30. **wie der Silberknauf einer riesigen, funkenbestreuten Kristallkuppel schien er in den Äther gefügt,** it seemed to be suspended in the sky like the silver boss of a huge, scintillating, crystalline dome; *der Knauf* (··e), knob, stud, pommel (of a sword); *die Kuppel* (-n), dome; cf. *der Dom* (-e) cathedral.

p. 46, l. 39. **stäche,** *past subj.* (reported speech) of *stechen* (*sticht, stach gestochen*), sting, pierce.

p. 47, l. 14. **Fuhr man** (inversion), If one went; *fahren* (*fährt, fuhr, gefahren*).

p. 47, l. 17. **Das ist ein Schlußvergnügen,** this is some fun for the end of the day.

p. 47, l. 25. **schoß** (from *schießen*) **hinter ihm drein,** shot after (*or* swooped down upon) it.

p. 48, l. 29. **das gesunde Urteil,** sound judgment.

p. 48, l. 33. **dicht unter seinen Füßen,** almost under his feet; *dicht (adj.),* dense, tight (cf. *wasserdicht,* watertight; cf. *schalldicht,* sound-proof); as *adv.* (+*an, bei, hinter,* etc.), close to; cf. *dicht vor mir,* just in front of me.

p. 48, l. 40. **Jottes = Gottes; was fällt Muttern ein,** what is mother thinking (*or* dreaming) of; *Muttern,* colloquial dat. sing., after *ein-fallen* (cf. note on 38, 31).

p. 49, l. 20. **Miezchen = Mariechen; Miez** is also used for calling a cat cf. the English 'Pussy, pussy', etc.

p. 49, l. 36. **als mühe er sich ab, mit den Höhlen zu sehen,** as if he were trying hard to see with the sockets; *sich ab-mühen; die Höhle,* usually means cave; cf. *die Hölle,* hell.

p. 50, l. 6. **Ihm riß die Geduld,** He lost patience; *reißen* (*riß, gerissen*), tear.

p. 50, l. 8. **ersöffe,** would get drowned; *past subj.* (reported speech) of *ersaufen* (*ersäuft, ersoff, ersoffen*), get drowned; vulgar word for *ertrinken* (*ertrank, ertrunken*); cf. *saufen,* drink, applied to animals; vulgar, when applied to human beings; or in the sense of swilling beer, getting drunk, etc.; cf. *essen und fressen.*

p. 50, l. 17. **Er röchelte Stoßgebete,** He gurgled short, fervent prayers; *das Röcheln,* rattle in the throat, death-rattle; *das Gebet* (-e), prayer.

p. 50, l. 19. **Heute rot, morgen tot,** familiar saying, possibly connected with *Das Buch Sirach*, X, 12: So geht's doch endlich also: Heute König, morgen tot; English Bible, Ecclesiasticus X, 10: And he that is to-day a king to-morrow shall die.

p. 50, l. 33. **die Lunge mochte** (*past definite of* mögen) **mitgehen, der Kehlkopf** (**mochte**) **zerspringen,** fit to burst his lungs and larynx.

p. 51, l. 11. **Wildgänse strichen durch den Kuppelsaal der Sterne und jetzt** (**strichen**) **einzelne Punkte durch den Vollmond,** wild geese winged their way through the starry dome of the sky, and appeared now like dark specks as they passed across the face of the full moon: *streichen* (*strich, gestrichen*), fly, etc.

p 51, l. 20. **ein todbanger Moment,** a moment of deathly fear (*or* agony).

p. 51, l. 24. **ab-gleiten** (*glitt ab, abgeglitten*), slide off, lose hold.

p. 51, l. 36. **mit verzerrtem, gedunsenem Gesicht, mit gebrochenen Augen die Tücke des Himmels anklagend,** with his face distorted and puffed up, and his death-stricken eyes full of accusations against the malice of Heaven; cf. *die Tücke des Schicksals,* the whims of fate (*or* fortune).

p. 51, l. 38. **trieften,** dripped; *triefen* is usually strong conjugation (*triefen, troff, getroffen*); but the weak form (*triefen, triefte, getrieft*) is fairly common in colloquial German.

p. 52, l. 10. **ohne weiteres,** without further ado.

p. 52, l. 15. **stak,** was stuck; *stecken* is usually weak conjugation (*stecken, steckte, gesteckt*); but the strong form (*stecken, stak, gestocken*) is fairly common in colloquial German, particularly when the sense is intransitive, i.e., when there is no object.

(c) Im Nachtzug

This important poem was for many years most easily accessible in the *Oxford Book of German Verse* (edited by H. G. Fiedler, first appeared in 1911). Unfortunately, Professor Fiedler seems to have had a faulty version at his disposal; apart from the fact that Hauptmann may have revised the poem very thoroughly for the 1942 edition of his collected works. It is the text of the 1942 edition (Bd. I, S. 113), which is printed here; and students are advised to ignore the text in the *Oxford Book of German Verse* in future— or to compare the two versions as a useful literary exercise.

'Im Nachtzug' first appeared in the *Allgemeine Deutsche Universitäts-Zeitung*, Berlin, 1. Jahrgang, Nr. 7 vom 12. Februar 1887, S. 83, i.e., just at the time Hauptmann began to write *Fasching.*

Line 16. **mein Schattengesicht,** reflection of his face in the window.

l. 22. **das** (refers to *Mondscheinreich*) **fliegend die Drähte durchschneiden,** which the (telegraph) wires cut through as they fly past.

l. 23. **Sie** (*die Drähte*) **tauchen hernieder und steigen zugleich,** The wires seem to dip down and rise again simultaneously.

l. 29. **von minniger Wonne,** about the delights of love; *die Minne,* love— Middle High German word; cf. *der Minnesang, der Minnesänger.*

l. 30. **der Elfe** (*masc.*) or *die Elfe* (*fem.*); cf. l. 28, *die Elfenmaid*; *die Maid*, old-fashioned and poetical word for *das Mädchen*.

l. 35. **die Maiblume** (-n), probably the same as *das Maiglöckchen* (-), lily-of-the-valley; *der Klee*, clover.

l. 36. **die Au** = *die Aue* (-n), poetical word for field (*or* meadow).

l. 42 ff. **dich** and **du** refer to *der Zug*.

l. 43. **schwindelhoch**, at a dizzy height; *der Schwindel*, dizziness; *schwindlig*, dizzy.

l. 44. Understand **bist**, after *gegangen*.

l. 48. **bliebe, lauschte**, past subjunctives; I would like so much to remain and to listen.

l. 52. **Rauchwolken schwingen weißwogende Reigen,** Clouds of smoke form white waves which intertwine as if in a dance; *die Woge* (-n) = *die Welle* (-n), wave; *der Reigen* (-), (round-) dance.

l. 56. **Als schleppten Zyklopen,** As if Cyclopean giants were dragging; *der Zyklop*, Cyclops (pl. Cyclopes); one-eyed giants of Greek and Roman legend, who forged iron for the Greek god Hephaestus (=the Roman god Vulcan), the god of fire; hence appropriate in connection with the iron monster of the rails.

l. 60. **Zum Grauen und** (*zum*) **Erbarmen,** (a song) to make one shudder and feel pity; cf. *es erbarmt mich seiner* (*gen.*) (or *er erbarmt mich*), I pity him; for *grauen*, see note on 54. 11.

l. 64. **gülden**, old form of golden.

l. 68. **das Gut,** property, belongings; cf. *das Gut* (‥er), estate; *der Gutsbesitzer* (-), landowner.

ll. 75-78. **Könnten wir** (*subj.*) . . . **so sängen** (*subj.*) **wir**, if we could . . . we would sing.

l. 81. **Willst lernen** (inversion), If you wish to learn.

l. 83. **so meide das schläfrige, tändelnde Ried,** so shun sleepy and trifling pastoral verses. *Meiden* (*mied, gemieden*), avoid. *Das Ried* (=*das Rohr*), reed; here used in the poetical sense of the *Rohrpfeife* (-n), reed-pipe. *Tändeln*, trifle, dally; *der Tand*, trifles, cheap stuff.

l. 85. Translate: *Beachte den schwindelnden Wolkenpfad des Schiffes.*

l. 89. **es** = *das Herz der Armen.*

l. 90. **ersteh' es in Tönen dir wieder,** let it rise again in your verse; *erstehe, pres. subj.* of *erstehen* (*erstand, erstanden*).

l. 100. **in erdenverklärender Schöne** (=*die Schönheit*), in beauty which transfigures (*or* makes radiant) the earth.

l. 103. **hervor-wallen**, surge up.

l. 109. **der Lenz** (-e), poetical word for spring; cf. *der Frühling* (-e); cf. the English word Lent = *die Fastenzeit*; **irdisch**, *adj.* from *die Erde*.

(*d*) *Weltweh und Himmelssehnsucht*

l. 1. **die Windesharfe**, wind harp or Æolian harp; the wind made the strings give forth musical sounds; Æolus, in Roman mythology 'god of the winds'.

ll. 2-5. **sei, bewege** (*present subjunctives*), let thy soul be, etc.; *sie* refers to Seele.

l. 12. Translate: (*Die*) *Wurzel deiner* (gen. pl.) *Lieder steht also begründet.* . . .

l. 15. **der Scheitel** (-), usually crown of the head; here: top of a tree?

QUESTIONS AND EXERCISES

A. *General*

1. Discuss the part played by Gerhart Hauptmann in German literature from 1889 till his death in 1946.
2. Gerhart Hauptmann: Dichter des Mitleids?
3. What is the significance of *Promethidenlos* and *Das bunte Buch* in Hauptmann's literary development?
4. Where and when did *Bahnwärter Thiel* and *Fasching* first appear? Give reasons for the continuing popularity of *Bahnwärter Thiel*. How was *Fasching* forgotten and re-discovered?
5. 'Das Jahr 1887 ist für Gerhart Hauptmann lebenswendend geworden' (F. A. Voigt). Wie ist diese Feststellung zu verstehen?
6. Estimate the influence of the 'social question' in Hauptmann's literary development till 1889.
7. Who were the 'Jüngstdeutschen'?
8. Collect from reference books and histories of literature information about (*a*) Karl Bleibtreu, (*b*) Michael Georg Conrad, (*c*) Arno Holz.
9. In what ways do *Bahnwärter Thiel* and *Fasching* represent a departure from Poetic Realism, and an advance beyond it?
10. Discuss *Bahnwärter Thiel* and *Fasching* (*a*) as regional stories (Heimatdichtungen), and (*b*) as stories of family life (Familiengeschichten).
11. Naturalismus = (*a*) Uneingeschränkte, rücksichtslose Wiedergabe der Wirklichkeit; (*b*) Ausschaltung aller religiöser und metaphysischer Faktoren; (*c*) der Mensch als Produkt von Milieu und Vererbung; (*d*) Materialistisch-mechanistische, pessimistische Grundeinstellung. On the basis of this brief summary of Naturalism, discuss to what extent *Bahnwärter Thiel* and *Fasching* must be regarded as heralds of the new literary movement.
12. Draw a rough map of Germany, putting in the Mark Brandenburg, Berlin, Erkner, Silesia, Breslau, and other cities and provinces with which you are familiar; compare it with a map showing the zones of occupation after the Second World War, and the sectors in Berlin.

B. *Bahnwärter Thiel*

1. Describe the life of a 'Bahnwärter'. Is there any corresponding railway employee (*a*) in England, (*b*) in the U.S.A. and Canada? If not, why not? Cf. level-crossings in Germany, England, and North America.
2. What can one learn from *Bahnwärter Thiel* about the landscape south-east of Berlin?
3. Discuss Hauptmann's changing and 'Impressionist' treatment of the section of the track near Thiel's 'Bude'.
4. Make a list of words and phrases used by Hauptmann to describe (*a*) the trains, (*b*) the trees, (*c*) the sunsets.
5. What different kinds of trains are mentioned in *Bahnwärter Thiel*?
6. Discuss Hauptmann's use of actual place-names in *Bahnwärter Thiel*. Write brief notes on Schön-Schornstein, the river Spree, Breslau.

7. Analyse the character of Thiel.
8. Explain the motivation of the double murder which Thiel committed.
9. To what extent was Lene responsible for the death of Tobias? To what extent was Thiel responsible?
10. Suggest reasons why the name of Lene's child is never mentioned.
11. Discuss the religious and mystical elements in *Bahnwärter Thiel*.
12. '*Bahnwärter Thiel* halte ich für ein in sich geschlossenes kleines Meisterwerk' (Felix Holländer). Sind Sie mit diesem Urteil einverstanden?

C. *Fasching*

1. What is *Fasching*? Is there anything like it (a) in England, and (b) in North America?
2. Describe the fancy-dress ball, and its continuation in the 'Heidekrug' and the 'Gasthaus' in Steben. Compare all this with present-day English and American ideas of having a good time.
3. What can one learn from *Fasching* about (a) the landscape round Erkner at the time Hauptmann lived there, and (b) the Berlin climate in winter.
4. Describe the Kielblock household.
5. Compare the character and fate of Thiel and Kielblock.
6. Write an essay in German on: Die Grossmutter in *Fasching*.
7. What part does the green box play in *Fasching*? What does it symbolize?
8. Why did the lamp suddenly disappear from the window of the Kielbock cottage?
9. Retell in your own words the account of the drowning.
10. How does Hauptmann prepare the reader for the final catastrophe?
11. Collect and analyse examples of the local dialect in *Fasching*.
12. Compare Hauptmann's *Fasching* with the newspaper and registry office account of the actual incident (see Introduction, p. xxii ff.). Explain and justify the changes which Hauptmann made.

D. '*Im Nachtzug*' and '*Weltweh und Himmelssehnsucht*'

1. In what ways did Hauptmann put into practice in *Bahnwärter Thiel* and *Fasching* the literary precepts he expressed in the poems 'Im Nachtzug' and 'Weltweh und Himmelssehnsucht'?
2. Discuss Hauptmann's attitude towards the 'social question', as expressed in these two poems.
3. Contrast the Romantic and Naturalist elements in the poem 'Im Nachtzug.'
4. 'Das Lied von unserm Jahrhundert': was kann man darunter verstehen?
5. Analyse the metre and rhyme structure of the poem 'Im Nachtzug'.
6. Write a prose paraphrase of any three stanzas of the poem 'Im Nachtzug'; *or* a prose paraphrase of the poem 'Weltweh und Himmelssehnsucht'.

E. *Gobbets and Context Questions*

(Gobbet = a piece or fragment of anything that is divided, cut, or broken (*Oxford English Dictionary*). Gobbets = a refined instrument of literary torture, traditional and favourite in the English (and particularly the Oxford) examination system?)

1. Refer to their context, and write brief comments on the following passages:
   (a) Schaum stand vor seinem Munde, seine gläsernen Pupillen bewegten sich unaufhörlich.

(*b*) Heute rot, morgen tot — morgen — tot, was war das: 'tot'? Er hatte es bisher nicht gewusst, aber jetzt — nein, nein!

(*c*) Eine verblichene Photographie der Verstorbenen vor sich auf dem Tisch, Gesangbuch und Bibel aufgeschlagen, las und sang er abwechselnd die lange Nacht hindurch.

(*d*) Es war Faschingszeit. Die Familie sass beim Nachmittagskaffee. Man hatte Pfannkuchen gebacken und war in sehr vergnügter Stimmung.

(*e*) 'Vater, ist das der liebe Gott?' fragte der Kleine plötzlich.

F. *Vocabulary Revision*

1. Give the meaning of the following words:

   die Ampel; aufspeichern; die Betäubung; der Degen; der Ersatz; das Fuhrwerk; gackern; der Gewissensbiss; gleichsam; insgeheim; der Krämer; die Libelle; die Musse; niederträchtig; die Ohnmacht; poltern; qualmen; das Rudel; schluchzen; schnarchen; die Strapaze; taumeln; unentrinnbar; die Verhältnisse; verschwiegen; die Zeche.

2. Discuss the following idioms:

   das Regiment im Hause führen; etwas beschlafen; mit allen Hunden gehetzt; zu Essig werden; eine Sache einfädeln; Anstalten machen; das Bett hüten; pflegen + infinitive; nach dem Rechten sehen; etwas mit in (den) Kauf nehmen.

3. Write brief notes on the following:

   das Frauenzimmer; das Weib; märkisch; die Bude; der Geistliche; der Bahnmeister; der Kossäte; die schwarzweisse Sperrstange; das Pudelmützchen; die Sintflut; der Heidekrug; eine Semmelwoche; das Tanzkränzchen; die Schwarzwälder Uhr; meine Herrschaften; die Tücke des Schicksals; die Aue; der Lenz; der Grog.

VOCABULARY

The gender of nouns is shown by the preceding article. The sign (¨) indicates that the root vowel takes an umlaut in the plural; (-) that the plural is like the singular; (-e), (-n), (-en), (-er) that the plural is formed by adding to the singular the ending given; if there is no sign, the noun has no plural.

The principal parts of strong and irregular verbs are given, except when they are very familiar; the third person present indicative is given whenever it shows a vowel or consonant change. A hyphen between prefix and root indicates that a verb is separable.

Attention is occasionally drawn to words of the same family, or to words which are easily confused.

A

der Abendhauch, breath of evening

sich ab-geben (gibt sich ab, gab sich ab, sich abgegeben) (mit), spend time (with)

abgelegen, remote; **die Abgelegenheit,** remoteness

abgespannt, exhausted, depressed

abgewandt (*see* wenden), turned away, averted

der Abgrund (¨ e), abyss, chasm

abhanden kommen, get lost

der Abhang (¨ e), slope

ab-halten, keep off, prevent

ab-lassen, release, give the green light (to the train)

der Ablauf, passage, flow

ab-lösen, relieve; **die Ablösung,** end of shift

die Abneigung, aversion, dislike

der Abschied, farewell

ab-schließen (schloß ab, abgeschlossen), lock up

ab-sehen (sieht ab, sah ab, abgesehen), disregard

ab-stumpfen, blunt, deaden, make indifferent

abwechselnd, alternately, in turn

die Abwesenheit, absence

sich ab-zeichnen, appear, show up, stand out

die Achse, axis

das Achselzucken, shrug of the shoulders

das Ächzen, groaning

der Acker, ploughed (*or* tilled) field

der Adel, nobility

ähneln (+*dat.*), resemble

der Akkord, chord, harmony

allerhand, all kinds of, various

allsonntäglich, every Sunday

die Ampel (-n), hanging lamp

an-betreffen (+*acc.*) (used impersonally), concern

der Anfall (¨ e), attack, fit, seizure

an-gehen (+*acc.*) (used impersonally), concern

angeschwollen (*see* schwellen), swollen up

angetan (dazu), suited (to)

angetrunken, tipsy

der Angstschweiß, cold sweat

angststierend, stark with fear

an-halten (hält an, hielt an, angehalten), last; stop

die Anhöhe, slope, rising ground

an-kläffen, bark at

an-klagen, accuse

an-lächeln, smile at

an-lassen, abuse, pitch into

anläßlich (+*gen.*), on the occasion of, in connection with

der Anlauf; einen Anlauf nehmen, take a (preliminary) run

sich an-nehmen (+*gen.*), take care of, side with

an-raten (rät an, riet an, angeraten) advise, suggest

die Aussicht (-en), view, prospect

ansichtig werden (+*gen.*), catch sight of

an-starren, stare at

an-stellen (Nachforschungen, *etc.*), start, set on foot

an-streichen, paint

der Anstrich, coat (usually of paint), tinge, flavour

an-tasten, touch, encroach upon

an-treiben, drive (*or* spur) on

anwesend, present

der Ärmel (-), sleeve

aschfahl, ashy grey

der Atem, breath; **das Atemholen,** breathing; **der Atemzug** (··e), breath, gasp

auf-atmen, breathe again (*or* freely)

auf-bäumen, stand upright, rear (up)

das Aufblitzen (der Augen), lightning glance, gleam (in the eyes)

auf-brechen (bricht auf, brach auf, aufgebrochen), start, depart; **der Aufbruch,** start, departure

auf-brüllen, roar, bellow

auffallend, remarkable, striking

aufgebracht (auf-bringen), indignant, enraged

das Aufgehen, rising

aufgehoben (*see* aufheben); **gut aufgehoben,** in good hands, in safe keeping

aufgeräumt, in good humour

auf-heben (hebt auf, hob auf, aufgehoben), pick up, raise

auf-hellen, brighten

auf-kreischen, shriek, (begin to) scream

aufmerksam machen (*auf*+*acc.*), draw attention (to)

auf-nesteln, unlace, undo; **die Nestel,** lace, string

auf-passen, pay attention, watch out

auf-quellen (quillt auf, quoll auf, aufgequollen), swell up, rise, appear on the surface

auf-raffen, tuck up (skirts); pick (*or* snatch) up (baby); **sich auf-raffen,** pull oneself together

die Aufregung, excitement

sich auf-reiben (rieb sich auf, sich aufgerieben), wear oneself out

sich auf-reißen (riß sich auf, sich aufgerissen), spring up suddenly, raise oneself (with a jerk)

auf-saugen, suck up, absorb

auf-schlagen (schlägt auf, schlug auf, aufgeschlagen), (push) open; rise, soar

auf-schreien (schrie auf, aufgeschrieen), cry out, scream

auf-schürzen, tuck up

das Aufsehen, stir, sensation

auf-speichern, store up, accumulate; **der Speicher** (-), warehouse, storehouse; cf. **das Warenhaus** (··er), department store

auf-stören, stir up

auf-stoßen (stößt auf, stieß auf, aufgestoßen), push (*or* thrust) open

auf-tauchen, come to the surface

auf-tauen, thaw

der Auftritt (-e), scene, quarrel

auf-zucken, flare up, burst forth

augenscheinlich, obviously

der Ausblick (-e), outlook, view

die Ausdauer, endurance

die Ausdruckslosigkeit, lack of expression, blankness

der Ausflug (··e), trip, outing

ausgelassen, merry, boisterous

ausgenommen, except for

ausgiebig (=ergiebig), abundant, generous

aus-klopfen, beat (out)

ausnehmend, exceptionally

der Ausruf (-e), cry

ausschließlich, exclusively

außergewöhnlich, extraordinary

die Aussicht (-en), prospect

äußerlich, externally, superficially

(sich) äußern, express, say

ausspeien (spie aus, ausgespieen), spit (out)

aus-sprengen, spread about

der Ausspruch (··e), remark

aus-stoßen (stößt aus, stieß aus, ausgestoßen), give forth, utter

B

der Backofen (··), oven; cf. **der Ofen** (··), stove

der **Bahndamm** (·'e), railway embankment

der **Bahngraben** (··), ditch along the line

die **Bahnschiene** (-n), rail

der **Bahnübergang** (·'e), level-crossing

die **Bahre** (-n), bier

der (or das) **Balg** (·'er), brat

die **Barriere** (-n), gate

barst, see bersten

die **Bartstoppeln** (pl.), stubbly beard

der **Baß,** bass (voice)

der **Baumwipfel** (-), tree-top

beachten (+acc.), pay attention (or heed) to

die **Beachtung,** attention, heed

beängstigend, alarming, frightening

sich beeilen, hurry; cf. eilen, hurry

beeinträchtigen, impair, lessen

das **Befinden,** condition (or state)

befördern, carry

befriedigt, satisfied, contented

befremdlich, strange, queer

sich begeben (begibt sich, begab sich, sich begeben), betake oneself, go; take place

begehen (beging, begangen), do, commit; cf. Selbstmord begehen, commit suicide

begehrlich, longing, passionate, sensual; **das Begehren,** longing, yearning

behagen (+dat.), please

behauchen, breathe upon, cover faintly, tinge

bei-fügen, add

das **Beil** (-e), chopper, axe

beiläufig gesagt, by the way, incidentally

bei-stehen (+dat.), assist

bei-stimmen (+dat.), agree with

beklemmen, oppress, tighten; beklommen, anxious, depressed

belohnen, reward

die **Bekräftigung** (-en), confirmation, corroboration

sich bekümmern um (+acc.), look after

die **Bekümmernis,** distress, worry

belauschen, spy upon

sich beleben, take on life

belebt, lively (or crowded)

sich belustigen, amuse oneself, make merry

sich bemächtigen (+gen.), seize, take possession of

bemerken, see, notice; say, remark

beneiden, envy

bepinseln, paint, daub

der (or das) **Bereich,** neighbourhood, sphere

bersten (barst, geborsten), burst asunder, split

beruhigen, quieten, comfort, reassure; **die Beruhigung,** satisfaction, comfort, assurance

besänftigen, calm, pacify, appease

beschatten, shade, cover

beschleichen (beschlich, beschlichen) (+acc.), creep over

beschränken (auf+acc.), limit to

beschwichtigen, soothe, quieten, silence

beschwören (beschwor, beschworen), adjure, beseech, beg (for heaven's sake)

besiegeln, set a seal to, substantiate

sich besinnen (besann, besonnen), think over, remember

die **Besinnung,** consciousness, control of one's thoughts

besitzen (besaß, besessen), possess

besorgen (+acc.), look after

die **Besorgnis,** fear, alarm, apprehension

besorgt, anxious, worried

bestehen (bestand, bestanden) (auf+dat.), insist (on)

bestellen (den Acker), cultivate (the plot)

bestreichen (bestrich, bestrichen) (+acc.), sweep (or gaze) across

betasten, touch

betäubend, deafening

die **Betäubung,** numbness, stupor; cf. die örtliche Betäubung, local anaesthetic

sich beteiligen (an+dat.), take part (in)

beteuern, declare, assert, protest

beträchtlich, considerable, very much

etreffs (+*gen.*), with regard to

etreten (betritt, betrat, betreten), step into, enter

etroffen, perplexed, thunderstruck

die Beule (-n), bump, bruise

der Bewußtlose (-n), unconscious man

das Bewußtsein, consciousness

bezaubern, charm, bewitch

das Birkengehölz, birch wood

blähen, swell

blank, bright, shining

die Blase (-n), bubble

blaßgelb, pale yellow

die Blässe, pallor

die Blätterwolke (-n), cloud of leaves, leafy mass

das Blattgehänge (-), hanging leaves

das Blechinstrument (-e), brass instrument

bleiern, bleischwer, heavy as lead, leaden

blendend, dazzling

blitzartig, like lightning; der Blitz-strahl (-en), flash of lightning

blöd(e), idiotic, vacant

blutrünstig, bleeding

der Bock ("e), (he-) goat

der Bogen (usually ··; sometimes -), curve

der Bolzen (-), bolt

das Borkenstück (-e), piece of bark

bösartig, malicious

die Böschung (-en), slope

brandend, surging

brandrot, fiery red

braungestrichen, painted brown; streichen (strich, gestrichen), paint

die Brautwerbung (-en), wooing of a bride

brennen (brannte, gebrannt), burn

die Bremse (-n), brake; bremsen, brake

bröckeln, break up, crumble

das Brodeln, bubbling

die Brotkante (-n), hunk of bread; die Kante, edge, corner

brüllen, roar

brummen, growl, mutter

der Bube (-n), boy

buchstabieren, spell (out); der Buchstabe (-n), letter

der Bund (··e), union; der Staaten-bund, confederation of states; cf. das Bund (-e), bundle, bunch

bunt, many-coloured, gay; es wurde ihnen zu bunt, it became too much for them

der Büschel (-), tuft, wisp

das Butterbrot (-e), slice of bread and butter

C

der Choral (··e), hymn

D

daheim, at home

der Dampfstrahl (-en), puff (*or* jet) of steam

dämmern, dawn, get light; dämm(e)rig, dim, faint

davon-fliegen (flog davon, davon-geflogen), fly off, disappear

davon-gehen (ging davon, davon-gegangen), go off

davon-schießen (schoß davon, davongeschossen), dash away, rush out

das Deckbett (-en), quilt, bed-clothes

der Degen (-), sword (*not* dagger; der Dolch=dagger)

die Demantscheibe (-n), diamond (-shaped) pane

derb, rough, coarse

dermaßen, to such a degree, in such a manner

dienstfertig (lit. ready for service), in readiness

der Dienstrock (··e), (jacket of his) uniform

diensttuend, on duty

der Draht (··e), (telegraph-) wire

drall, sturdy, plump

drängen, press, urge; es drängte ihn, he felt an urge; man drängte in ihn, they insisted he should (let go); alles drängte nach der Tür, they all flocked to the door; cf. dringen

dringen (drang, gedrungen), penetrate, force its way through; cf.
drängen
dröhnen, rumble, roar
drollig, funny, amusing
der Druck, pressure
der Duft (¨e), scent; duftend,
sweet-scented
die Duldung, toleration, indulgence
der Dunst, haze; dunstig, hazy,
smoky, reeking
durch-beben, vibrate, tremble
durch-dringen, see dringen
durch-kosten (innerlich), turn over
(in his mind); kosten, taste
durchsichtig, transparent
durch-wühlen, beat (or strike)
through
dürr, thin, lean, skinny

E

ebben, ebb, recede
efeuumrankt, entwined with ivy;
der Efeu, ivy
die Eheleute (pl.), married couple,
husband and wife
ehern, of brass (or brazen)
das Eichhörnchen (-), squirrel
eifersüchtig, jealous
die Eile, hurry; in aller Eile, in
great haste
eiligst (superlative of eilig), as quickly
as possible
ein-biegen (bog ein, eingebogen),
turn into
der Einbruch (¨e), break (or fall)
through (the ice)
ein-fädeln, thread (a needle); eine
Sache ein-fädeln, start (or suggest) something
ein-frieren (fror ein, eingefroren),
freeze up
eingekapselt, in its case; die
Kapsel, case
ein-gestehen, admit
ein-graben (gräbt ein, grub ein,
eingegraben), dig in
einige, a few; used with a singular
noun to mean some, or a little
ein-kerkern, shut up, imprison
die Einlieferung, delivery
ein-lullen, lull to sleep

ein-nicken, doze off
die Einöde, desert, solitude
ein-schlagen (schlägt ein, schlug
ein, eingeschlagen), wrap; welche
Richtung einzuschlagen, what
direction to take
ein-schlingen (schlang ein, ein-
geschlungen), swallow up
ein-schlucken, swallow up
ein-schrumpfen, shrink
ein-setzen, use, apply
einstig, former, old
einstimmig, unanimous
die Eisenstange (-n), iron bar
eintönig, monotonous
der Einwand (¨e), objection
der Einwurf (¨e), opening, slit
das Eisengeklirr, clash of iron
die Eisfläche (-n), surface of the ice
der Eispanzer (-), coating of ice;
der Panzer, coat of mail, tank
der Eisspiegel, ice surface
der Ekel, disgust, loathing
empor-perlen, rise up like pearls;
cf. perlender Wein, sparkling
wine
sich empor-richten, lift oneself up
sich empor-ziehen (zog sich empor,
sich emporgezogen), raise oneself
up
entblößt, bared
entfallen (entfällt, entfiel, entfallen),
fall, slip (from a person's hands)
enthüllen, unveil, reveal, disclose
entlegen, remote
sich entringen (entrang sich, sich
entrungen), break forth, escape
entschlafen (entschläft, entschlief,
entschlafen), fall asleep
das Entsetzen, horror, terror;
entsetzensstarr (=starr vor Entsetzen), paralysed with horror,
terror-stricken
erbärmlich, miserable; detestable
erbarmungswürdig, piteous, de-
serving pity
erbeben, shake, tremble, quake
sich ereifern, get excited, fly into
a passion
ergötzen, delight, (greatly) amuse
erhoben, raised, lifted
erklingen (erklang, erklungen), ring

erleichtert, relieved

erleuchten (=beleuchten), light up, illuminate

erlöschen (erlosch, erloschen), go out, be extinguished, fade; **mit halb erloschenen Augen,** with half-closed (or almost blind) eyes

sich ermannen, pluck up courage, recover

erregen, cause, inspire

erregt, excited

der Ersatz, substitute

die Erscheinung (-en), phenomenon

erschrecken (erschrickt, erschrak, erschrocken) (or erschreckt, erschreckte, erschreckt), be frightened (or alarmed)

erschlaffend, enervating, making him weak; **schlaff** (or schlapp), slack, limp, soft

erschöpft, exhausted

erstarren (Blut), congeal; **erstarrt,** numb, motionless

ertappen, catch (or surprise)

ertrinken (ertrank, ertrunken), drown; **ein Ertrinkender,** a drowning man

der Erwachsene (-n), adult

erweisen (erwies, erwiesen), provide, render

erwidern, reply

die Erzwelle (-n), wave of metal

das Espenlaub, aspen-leaves; **das Laub,** leaves

die Etikette (-n), label

der Extrazug (··e) (=Sonderzug), special train

F

fahl, pale

falb, pale

der Falke (-n), falcon, hawk

das Farnkraut (··er), fern, bracken

die Fassung, self-command, composure; **fassungslos,** disconcerted, beside oneself

fauchen, hiss

der Faulenzer (-), lazybones

feierlich, solemn

der Fenstervorhang (··e), window curtain

H

fernher, from afar

die Ferse (-n), heel

das Fest (-e), festival; celebration, party; **das Weihnachtsfest,** Christmas

der Feuertau, fiery dew

fidel (accent on the second syllable), jolly, merry

der Filou, rogue

der Filz, felt

die Fingerspur (-en), finger-mark

flackern, flicker

die Flechte (-n), lichen

flicken, mend, patch

flüchten, flee

flüchtig, fleeting, rapid

förmlich, downright, really

fort-fahren (fährt fort, fuhr fort, fortgefahren), continue

fort-gehen, leave, depart

fort-locken, entice (or lure) away from

fort-klingen (klang fort, fortgeklungen), continue to sound, go on sounding

fort-schleppen, drag away

die Fortsetzung (-en), continuation

der Frack (··e), frock coat

die Fratze (-n), mask

frösteln, feel cold (or chilly); **es fröstelte ihn,** he shivered

sich fügen (in das Unvermeidliche), submit (to the inevitable) **fügte bei,** see beifügen

das Fuhrwerk (-e), vehicle

fürchterlich, terrible

das Futteral, case

das Futterschaff (··er), fodder-pail

G

gackern, cackle

der Galgenvogel (··), gallows-bird, scoundrel

die Gänsefeder (-n), goose-quill

gären (gor, gegoren), be in a ferment; **das Gären,** foaming

die Gaukelei (-en), delusion, fantasy

gaukeln, flutter (or flit) about

das Gebaren, behaviour, gesture

sich gebärden, behave

gebären (gebiert, gebar, geboren), give birth to

das Gebein (-e), bones

das Gebot (-e), command, law; cf. die zehn Gebote, the Ten Commandments; ihm zu Gebote stehend, at his disposal

gedehnt, slowly, with emphasis

die Geduld, patience; geduldig, patient

das Gefährt (-e), vehicle

das Geheul, howling

der Geier (-), vulture

das Gehölz, wood

geifern, fume, drivel

der Geistliche (-n), clergyman

das Gekeif, scolding, abuse, nagging

das Geklirr, clanking, clashing

gelangen, reach

gekrümmt, bent

gelähmt, paralyzed

das Gelächter, laughter

gelbsüchtig, yellow, jaundiced; die Gelbsucht, jaundice

gelegen (liegen, lag), situated

das Geleise (-), see Gleis

das Gelenk (-e), joint; gelenkig, supple, flexible

gelind, mild, slight

gellen, shriek, yell

geloben (in die Hand), promise solemnly (with a handclasp)

gemeinschaftlich, joint

gemessen, steady, regular

das Gemüt, soul, nature, character; die Gemütsart, disposition

gemütlich, comfortable, at ease

der Gendarm (-e), policeman

der Genosse (-n), companion, comrade

die Genugtuung, satisfaction

genußreich, very enjoyable

genüßlich, pleasure-seeking, sensual

geradewegs, straight (into)

die Gerätschaft (-en) (=das Gerät (-e)), tool

geraum, ample; seit geraumer Zeit, for some considerable time

der Geruch (··e), smell

das Gesangbuch (··er), hymn-book

das Geschöpf, (-e) creature

der Geschmack, taste

geschwängert, filled (or impregnated) with

das Gesicht (pl. die Gesichter), face; das Gesicht (pl. die Gesichte), vision

gespannt, tense, strained, attentive

das Gespenst (-er), ghost; gespenstig, ghostly

gestärkt, strengthened, refreshed

geteert, tarred; der Teer, tar

das Getöse, noise, uproar

getrost, cheerfully, with confidence

sich gewachsen fühlen (+dat.), feel oneself a match for

gewahren (=gewahr werden), notice, catch sight of

das Gewebe, web

das Gewirr, confusion, whirl

der Gewissensbiß (-e), pangs of conscience, remorse

das Gewitter, thunderstorm; gewitterartig, like thunder

gewöhnt sein, be accustomed to

sich gewöhnen (an+acc.), get accustomed to

die Gewöhnung, familiarity, use

die Gewohnheit (-en), habit, custom

das Gewühl, crowd, throng

das Giebelfenster, gable-window

gierig, greedy

der Glaserdiamant (-en), glazier's diamond (for cutting glass)

glasflüglig, with glassy (or transparent) wings

gleichen (glich, geglichen), resemble

gleichgesinnt, like-minded

gleichsam, so to speak, as it were, to some extent, in a way

das Gleis (-e), rail, track, line

das Glotzauge (-n), goggle-eye

die Glückseligkeit, bliss

sich grämen, worry, feel depressed, take to heart

das Grauen, horror; grauenvoll, horrible, ghastly

das Grausen (=der Graus), shudder, dread, alarm

die Greisin (fem. of der Greis), old woman

grell, shrill

der Griff (-e), hold, grasp

die Grille (-n), whim, fit of the blues

grinsen, grin

der Grog, grog (=hot drink usually made from rum)

gröhlen, bawl

das Grollen, rumble; grollen, rumble

die Grübelei (-en), brooding, meditation

H

haarsträubend, hair-raising, shocking

der Hain (-e), grove, wood

halbaufgerichtet, half-raised, half-erect

der Halsabschneider (-), cut-throat

haltlos, unsteady

hämisch, malicious, spiteful

der Handgriff (-e), movement

das Handtuch (··er), towel

hantieren, be busy, bustle about

haschen, catch, grasp, seize

die Hauptbedingung, main condition (or guarantee)

der Hausflur (-e), entrance, passage, lobby

heimlich, secret

heiser, hoarse

die Heiterkeit, merriment

herab-brennen (brannte herab, herabgebrannt), burn down

herabgestimmt, less gay, subdued

herab-mindern, lessen

heran-brausen, approach with a rush (or roar)

heran-dämmern, dawn, approach

heraus-fordern, challenge

heraus-platzen, burst out, explode

heraus-quellen (quillt heraus, quoll heraus, herausgequollen), spurt out

herbei-stürzen, rush up (to)

das Herdfeuer, fire (in the stove)

hergebracht, customary, accustomed

her-richten, arrange, set in order

herrschsüchtig, overbearing, domineering

her-rühren, proceed, arise, come from

herum-fahren (fährt herum, fuhr herum, herumgefahren), turn (or spin) round

herum-schnüffeln, sniff around

hervor-stoßen (stößt hervor, stieß hervor, hervorgestoßen), exclaim, ejaculate

sich hervor-wagen, venture forth, find open expression

die Herzensangst (··e), great anxiety, anguish

hielt an, see an-halten

der Hilfswärter (-), assistant (or deputy) lineman

die Himmelssehnsucht, longing for heaven

der Himmelsraum, sky, heaven

himmelauf, up to the skies (or heaven)

hinauf-klimmen (klomm hinauf, hinaufgeklommen), climb up

hin-gaukeln, flit about

hingebend, devoted; die Hingabe, devotion

hinterlistig, cunning, deceitful

hinzu-setzen (=hinzu-fügen), add

das Hirn (-e), brain, mind

die Hirnschale (-n) (=der Hirnschädel), skull

der Hochwald (··er), extensive forest; hochwaldumstanden, surrounded by tall trees

hocken, cower, squat

der Hof (··e), (farm)yard

die Höhe (-n), height

die Höhle (-n), cave

hohlwangig, hollow-cheeked; die Wange (-n), cheek

die Holzstiege (-n), wooden steps (or stairs)

der Horngriff (-e), horn handle

hüpfen, hop, frisk about

das Huhn (··er), fowl, chicken; die Hühner (pl.), fowls, poultry

das Husten, coughing

I

indes (=indessen), meanwhile

inne-haben, have, hold, occupy

inne-halten (hält inne, hielt inne, innegehalten), stop, pause

innerlich, in one's mind

insgeheim, secretly

irren (nach), wander (towards), feel (for)

J

jach, suddenly

jäh, sudden

die Jammergestalt (-en), woe-begone figure

der Jammerlappen (-), miserable wretch; der Jammer, misery; der Lappen (-), rag

jenseitig, on the other side

jeweilig, each time

johlen, yell, bawl

K

der Kachelofen (··), tiled stove; die Kachel (-n), tile

der Käfig (-e), cage

kahl, bald

der Kahn (··e), boat, barge

der Kalk, lime

die Kapsel (-n), case

der Kätner (-), cottager, crofter, shack-dweller

die Kehle (-n), throat

der Kehlkopf (··e), larynx

der Kerker (-), prison

kerzengerade, straight as an arrow; die Kerze (-n), candle

keuchen, pant, puff

die Kiefer (-n), pine-tree; das Kieferngehölz, pine-wood; die Kiefernheide, pine-covered heath; der Kiefernschaft (··e), pine-trunk; der Kiefernzapfen, pine-cone

der Kies, gravel; kiesbestreut, gravel-covered; cf. der Kiesel, pebble

die Kirchenbank (··e), pew

der Kirchenstuhl (··e), pew

kirre, tame; kirre machen, make tame, bring to heel

das Kissen (-), cushion, pillow

klaffen, gape, yawn

kläglich, piteous, wretched

klammern, clasp

das Klappen, clip-clop

klappern, rattle

klatschen, clap

kleben, stick

die Kleie, bran

klirren, rattle, shake

knallen, crack, bang

knarren, jar, creak

sich knäueln, mass together, form into a tangled mass

das Knieholz, undergrowth, shrubs

knirschen (vor Wut), gnash (or grind) one's teeth (with rage)

knistern, crackle

der Knöchel (-), knuckle

knöchern, bony

knurren, growl

der Koben (-), pig sty

kohlschwarz, black as coal; die Kohle, coal

das Kopfzerbrechen (-), racking of the brain, worry

der Krähenschwarm (··e), flock of crows

die Kraftanstrengung, exertion

krampfhaft, tight, convulsive

der Krämer (-), (small) shopkeeper, storekeeper

kränklich, sickly, delicate

kratzen, scratch

kreidebleich (vor Zorn), white as chalk (with anger)

kreidig, chalky (white)

kreischen, scream, yell

kreisen, circle

das Küchenbeil (-e), kitchen-chopper

kugeln, roll (like a ball); die Kugel (-n), ball, bullet

die Kuhmagd (··e), dairy-maid

sich kümmern (um-acc.), trouble about, pay attention to

kündigen, give notice (to quit)

der Kurierzug (··e), mail-train, express

L

lallen, stutter, babble

langgedehnt, long drawn out, prolonged

langgezogen, long drawn out, prolonged

die **Larve** (-n), mask
die **Laterne** (-n), lantern, lamp
läuten, ring, toll
die **Lebenslage** (-n), situation, circumstances
lebenswendend werden (für), become a turning-point (in the life of)
die **Leibeskraft** (··e), bodily strength; **aus Leibeskräften,** with all his might, at the top of his voice
die **Leiche** (-n), corpse, dead body
der **Leichnam** (-e), corpse, dead body
das **Leid** (-en), suffering, sorrow
die **Leidenschaftlichkeit,** passionateness, hot temper
die **Leier** (-n), lyre
die **Leistungsfähigkeit,** ability to do things
die **Leinwand,** linen, canvas
leuchten, emit light, shine
die **Libelle** (-n), dragon-fly
das **Lichtbild** (-er), picture, photograph
der **Lichtdunst,** hazy light
die **Lichtmasse,** pool (or sea) of light
der **Lichtnebel,** misty light
der **Lichtschein,** gleam (of light)
der **Lichtstaub,** fine particles of dust (or moisture), showing up in the sunlight
das **Lid** (-er), eyelid
liebeln, flirt
liebkosen, caress, fondle
lodern, flare (or blaze); **weiß lodernd,** gleaming white
die **Lore** (-n), truck; cf. English lorry
der **Lümmel** (-), lout, booby
der **Lump** (-en), ragged fellow, rascal; die **Lumpen** (pl.), rags
die **Lustigkeit,** gaiety, merriment
lüstern, longing, leering

M

makellos, spotless, immaculate
die **Manen** (pl.), shades (or souls, spirits) of the departed
das **Manöver** (-), manoeuvre, trick

märkisch, adj. from die **Mark** (Brandenburg), see note on 4, 1
der **Maschinenschlot** (-e), locomotive smoke-stack
der **Maskenball** (··e), fancy-dress ball
mäßig, moderate
die **Mattigkeit,** exhaustion, weariness
das **Mätzchen,** fool; **allerhand Mätzchen machen,** play all kinds of silly tricks
das **Maul** (··er), mouth (of an animal, or vulgarly of a person); das **Maul halten,** shut up
die **Meeresbrandung,** surge of the sea
meinen, think, be of the opinion, say; **im Gehen meinte er,** as he walked away he expressed the view
die **Meldeglocke** (-n), signal-bell
merklich, noticeable, obvious
die **Mehrzahl,** majority
messingen (from das Messing), brass
das **Mieder** (-), bodice
die **Mienen** (pl.), features
das **Mißbehagen,** displeasure
das **Mitleid,** compassion, pity; **mitleidig,** full of pity, compassionate
die **Mitteilung** (-en), information
mittlerweile, meanwhile
die **Moderschicht** (-en), layer of mould
die **Monatsfrist,** space of a month, **seit Monatsfrist,** for a month
das **Moos,** moss
der **Morgendämmer** (more usual: die Morgendämmerung), early dawn
die **Mühe** (-n), effort; **mühsam,** laborious
mürbe, soft, rotten
das **Murren,** muttering, growling
die **Muße,** leisure, free time, holiday; (cf. die Muse, muse)
musterhaft, model, perfect; das **Muster** (-), model, pattern
mutlos, disheartened, despondent
der **Mutwille,** playfulness, exuberance

N

die **Nachforschung** (-en), search, inquiry

nachgiebig, yielding, submissive

nachhaltig, lasting

nachlassen, abate

nach-holen, fetch; make up for

der **Nachtwandler** (-), sleep-walker

der **Nachwuchs,** young trees; (also: rising generation, new recruits, *etc.*)

die **Nadelmassen** (*pl.*), clusters of pine-trees

die **Nadelschicht** (-en), layer (*or* covering) of pine-needles

der **Nadelwald** (¨er), pine-wood

närrisch, crazy, off one's head

die **Nebelkrähe** (-n), hooded crow (grey with black head, wings and tail)

die **Netzhaut** (¨e), retina

die **Netzmasche** (-n), mesh of a net

die **Neuigkeit** (-en), news

nichtsdestoweniger, nevertheless, notwithstanding

sich **nieder-lassen** (läßt sich nieder, ließ sich nieder, sich niedergelassen), sit down, settle

niederträchtig, vile

nisten, (build a) nest

nötigen, compel, press, urge

notdürftig, scanty, barely adequate

der **Notpfiff** (-e), emergency (*or* danger) whistle

Nu; im Nu, in an instant, at once

die **Nußbaumkommode** (-n), walnut chest of drawers

O

die **Obhut,** protection, care

die **Obliegenheit** (-en), duty, responsibility

die **Ofenbank** (¨e), bench around the stove

das **Ofenloch,** stove mouth

das **Öfchen,** little stove

die **Ohnmacht,** fainting (-fit), swoon

ordnungsgemäß, according to regulations

ortsbekannt, known throughout the village

P

der **Pachtacker** (¨), field (*or* plot) which they rented

der **Packwagen** (-) (=Gepäckwagen), luggage-van

der **Pappdeckel,** cardboard

das **Personal** (eines Zuges), employees (*or* staff) (of a train)

die **Pelzmütze** (-n), fur cap

das **Phlegma,** phlegmatic nature, impassiveness

der **Plankenzaun** (¨e), wooden fence

plump, clumsy, awkward

das **Plüschmützchen** (-), little velvet-cap

pochen, beat

die **Poetasterei,** bad (*or* sham) poetry, pseudo-poetry, versifying

das **Polster,** cushion(s)

der **Polterkasten,** rattling box

poltern, make a (loud) noise, rattle, rumble

possierlich, droll, comical

prasseln, crackle

das **Prickeln,** effervescing, boiling over

das **Pudelmützchen,** stocking-cap; see note on 31, 38

der **Puls** (-e), pulse, heart-beat

die **Pupille** (-n), pupil (of the eye)

der **Purpur,** purple

Q

die **Qual** (-en), pain, torment, agony

der **Qualm,** (dense) smoke

qualmen, puff away

quietschen, squeak

quellen (quillt, quoll, gequollen), swell, issue forth

R

sich **rächen,** take revenge

rasen, rage; **rasend,** mad

die **Raserei,** madness, frenzy

rasseln, rattle

ratlos, perplexed, beside oneself

das **Raubtier** (-e), beast of prey

die **Rauchfahne,** puff (*or* cloud) of smoke

rauschen, rustle; das **Rauschen** (des Mühlbachs), rushing (of the mill-stream)

die **Rechte** (=die rechte Hand), right hand

regungslos, motionless

das **Reh** (-e), deer

der **Rehbock** (·ˑe), (male) deer, roebuck

die **Reihenfolge,** succession, sequence

das **Reitergeschwader** (-), squadron of cavalry

requirieren, requisition, summon

revidieren, inspect

das **Revier** (-e), beat, stretch of railway line

rieseln, drip; cf. es **rieselt,** it is drizzling

das **Rieseln,** rustling

die **Riesenspinne** (-n), giant spider

die **Rinde,** bark (of a tree); cf. das **Rind** (-er), ox; das **Rindfleisch,** beef

ritzen, scratch, crack; der **Ritz** (-e), crack

das **Röcheln,** rattle in the throat, death-rattle

der **Rock** (·ˑe) (for man), coat; (for woman), skirt

das **Rosengewölk,** mass of rosy clouds

der **Rosenkranz** (·ˑe), wreath of roses; *also:* rosary

rostbraun, rusty brown

der **Roßschweif** (-e), horse's tail

rostig, rusty

rotwängig, red-cheeked; die **Wange** (-n), cheek

die **Rotznase** (-n), child with a dirty nose, snotty nose

der **Rückgang** (·ˑe), decline

das **Rudel,** herd

rühren, touch; sich **rühren,** move

die **Rührung,** (deep) emotion

rumoren, rumble, make a (loud) noise (*or* row)

rupfen, pluck, pick

rüstig, vigorous, energetic

rütteln, shake, jolt

S

die **Saat** (-en), seed

die **Saite** (-n), string; das **Saitenspiel,** music on strings; lyre

der **Samt,** velvet

samt (*prep.+dat.*), together with

das **Sandkorn** (·ˑer), grain of sand

der **Säugling** (-e), baby

die **Säulenarkade** (-n), pillared arcade

der **Saum** (·ˑe), edge, border

sausen, rush, roar, buzz

schäbig, shabby, miserable-looking

der **Schaft** (·ˑe), trunk

die **Schale** (-n), bowl

schaffen (schuf, geschaffen), create; wie **geschaffen,** as if made specially; cf. **schaffen** (schaffte, geschafft), do something, be busy; nach Hause **schaffen,** take home

der **Schauer** (-), shudder, thrill

der **Schaum** (·ˑe), foam; das **Schäumen,** foaming

der **Scheitel** (-), crown (of the head); **scheiteln,** part (one's hair)

schemenhaft, shadowy, phantomlike; der **Schemen,** shadow

die **Schiene** (-n), rail

schicksalhaft, fateful, determined by destiny; das **Schicksal,** fate, destiny

der **Schiffer** (-) , bargeman, boatman; der **Schifferknecht** (-e), boatman's help

das **Schimpfwort** (·ˑer), abusive word, invective

schlaff, slack, limp, soft

der **Schlaganfall** (·ˑe), stroke

schlechtweg (=schlechthin), simply, without more ado

schleppend, dragging, slowmoving

der **Schlitten** (-), sledge; die **Schlittenpartie,** sledging trip

der **Schlittschuh** (-e), skate; der **Schlittschuhläufer** (-), skater; die **Schlittschuhgesellschaft,** party of skaters

schlitzartig, slit-like, very narrow

schlottern, hang loosely

schluchzen, sob

der Schluck (-e), mouthful, sip
der Schlund (··e), throat
schlürfen, shuffle; das Schlürfen, lapping
schmachvoll, shameful
schmächtig, slight, delicate
die Schmauserei (-en), feasting, carousing; (cf. der Schmaus, banquet)
der Schmetterling (-e), butterfly
schmettern, crash, clank
schmunzeln (in sich hinein), smirk (to oneself)
der Schnallenschuh (-e), shoe with a buckle
schnarchen, snore
schnarren, rattle
schnattern, gabble
schnauben, snort
der Schnellzug (··e), express train
sich schneuzen, blow one's nose
schnitzen, cut, carve
die Scholle (-n), clod, soil
die Schonung (-en), plantation, tree nursery
der Schraubenschlüssel (-), spanner, screw-key
der Schraubstock (··e), vice
der Schreihals (··e), squalling baby
der Schriftzug (··e), character, letter
schründig, chapped, wrinkled
die Schublade (-n), drawer
der Schuft (-e), rascal, scoundrel
der Schuppen (-), shed
die Schürze (-n), apron, pinafore
schüttern, shake, quiver
der Schwager (··), brother-in-law
der Schwärmer (-), enthusiast, fanatic
schwatzen, chatter, babble
der Schwall, flood, wave
die Schwenkung, turn, change
schweifen, wander, roam
der Schweinebraten, roast pork
der Schweiß, sweat, perspiration; schweißglänzend, shiny with sweat; schweißtropfend, dripping with sweat
schwelgen, feast
schwellen (schwillt, schwoll, geschwollen), swell
schwenken, swing, toss

schwergeballt, densely packed
schwerfällig, heavy, clumsy, slow-moving
schwielig, horny, rough
schwindsüchtig, consumptive; die Schwindsucht, tuberculosis
schwingen (schwang, geschwungen), move, vibrate
der Schwung, liveliness, warmth, sublimeness, inspiration
der See (-n), lake; (cf. die See (-n), sea)
der Segelmacher (-), sail-maker
die Sehne (-n), sinew; sehnig, sinewy, muscular
das Sehnen, longing; sich sehnen (nach), long (for)
seicht, shallow
der Seiltänzer (-), rope-dancer
seitab, apart, out of the way
selbstverständlich, of course
selbstquälerisch, self-tormenting
seltsam, strange
senkrecht, perpendicular, vertical, directly above
der Siegellack, sealing-wax
sinneberückend, captivating the senses, fascinating
sinnend, meditative, thoughtful
sinnlos, meaningless, foolish
die Sintflut, deluge; Biblical: the Great Flood
soeben, just (now), a moment ago
solchergestalt, in such a way
sommersprossig, freckled; die Sommersprossen (pl.), freckles
sonderbar, strange
die Sorge (-n), worry, care; sorglich, worried, anxious; sorgsam, careful, orderly
die Sorgfalt, care(fulness)
der Spalt (-en), split, gap, chink
der Span (··e), splinter of wood, chip
sich spannen, tighten
die Sparbüchse (-n), money-box
das Sparkassenbuch (··er), savings-bank-book
spärlich, poor, inadequate
der Specht (-e), woodpecker
die Speiche (-n), spoke (of a wheel)
speien (spie, gespieen), spit
das Spinngewebe (-), spider's web

die **Spirituosen** (*pl.*), spirits

sprengen, burst open

spreizen, spread

spritzen, spout, spurt, splash

der **Sprung** (··e), crack, rift, gap

der **Stahlschuh** (-e), *see* der Schlittschuh

das **Staket** (-e), railing

starr, hard, firm, rigid; die **Starre** (=die Starrheit), numbness, rigidity

das **Stechen**, pain

stecken (Kartoffeln), plant (potatoes)

steigern, increase

steinalt, very old

der **Steingebauer** (-), stone cage; (cf. das **Vogelbauer** (-), bird cage)

die **Sterbeglocke** (-n), passing (*or* funeral) bell

steuern, steer

stichhaltig, plausible, valid

stieben (stob, gestoben), give off, scatter; die **Funken stoben**, the sparks flew

die **Stiege** (-n), (wooden) steps

stillen, suckle

stillvergnügt, quietly happy *or* contented

stimmen, tune, play

stimmte bei, *see* bei-stimmen

stockdunkel, pitch-dark; cf. **stockblind**, stone-blind

stöhnen, moan

der **Stoß** (··e), puff; **stoßweise**, in sudden jerks, by fits and starts

das **Strahlenbündel** (-), bundle of rays, cone of light

die **Strähne** (-n), strand

die **Strapaze** (-n), exertion, tiring experience

strahlen, beam

der **Strahlenkranz** (··e), halo

strampeln, struggle, kick

die **Strecke** (-n), section of railway line; die **Streckenrevision**, inspection of (his) section of the line

streifen, glide over, tinge

strotzend, overflowing, exuberant

der **Stuhlschlitten** (-), hand-sledge

stumpf, dull, inert

der **Südzipfel** (-), south corner (*or* tip)

summend, humming, buzzing

T

der **Takt** (-e), beat, time, tempo

das **Talglicht** (-e), tallow-candle

der **Tanzboden** (··), dancing-floor, dance-hall

die **Tanzmusik** (-en) (=das Tanzfest), ball

tasten (mit den Händen umher), grope (around with his hands)

die **Tatze** (-n), paw, claw

taumeln, reel, stagger, totter

täuschen, deceive, play tricks with; sich **täuschen**, be mistaken; die **Täuschung** (-en), illusion, delusion

tiefaufrauschend, with a deep rustling

das **Tintenfaß** (··er), ink-well

tippen, touch lightly, tap; hence: type (on a typewriter)

titanenhaft, titanic, huge; the Titans = giants who fought against the Greek gods

toben, rave, get frantic

die **Tollheit** (-en), mad (*or* foolish trick, prank

das **Tosen**, roar

der **Totenschädel** (-), skull

totgeschwiegen, deliberately ignored; ein **Kunstwerk totschweigen**, kill ... by a conspiracy of silence

träge, slow, heavy, lazy

traktieren, treat

trällern, hum

die **Trauung**, wedding

der **Trieb** (-e), instinct, passion

tröpfeln, trickle; der **Tropfen** (-), drop

die **Tuba** (*pl.* Tuben), tuba (=large, low-toned trumpet); de **Tubastoß** (··e), der **Tubaruf** (-e) trumpet call

das **Tuch** (··er), kerchief

sich **tummeln**, run about

U

überdies, moreover, in addition

überfahren (überfährt, überfuhr, überfahren), run over

sich überhasten, hurry

überhauchen, (literally: breathe upon), suffuse

überirdisch, unearthly, supernatural; **irdisch,** *adj. from* Erde

überragen, surpass, excel

übersättigen, have too much, surfeit

über-schnappen, go mad

übertoben, be louder than

übertollen, be more lively than, drown the noise of

überwältigen, overpower

überwuchert, overgrown, choked

um-graben (gräbt um, grub um, umgegraben), dig up

um-kehren, turn back

der Umkreis, circle

umnebelt, befogged, clouded

umreißen (umriß, umrissen), outline

um-reißen (riß um, umgerissen), knock over

sich um-schauen, look around

der Umschlag (''e), wrapping, envelop; **der kalte Umschlag,** cold compress

um-schlagen (schlägt um, schlug um, umgeschlagen), turn over, veer; **der Umschlag,** turn, change

umschließen (umschloß, umschlossen), surround, enclose

um-schnüren, tie tightly, grasp firmly

die Umsicht, care, caution

umspannen, span, encircle

umweben (umwob, umwoben), weave round

um-wandeln, transform

um-wechseln, change

sich um-ziehen (zog sich um, sich umgezogen), change (clothes, etc.); (cf. **sich an-ziehen, sich aus-ziehen,** dress, undress)

unaufhörlich, merciless, ruthless

unbedingt, unconditional, absolute

unbeholfen, clumsy, awkward

unbeirrt, without swerving, straight ahead

unbemerkt, unnoticed

unbewußt, without knowing it, involuntarily

unbezwingbar, unconquerable

undurchdringlich, impenetrable

unentrinnbar, inescapable, inexorable

unerfindlich, incomprehensible

unerträglich, intolerable

unfaßbar, inconceivable

der Unflat, filth, nasty thing

ungemein, extraordinary

ungeheuer, huge

das Ungetüm (-e), monster

das Unglück, accident; **der Unglücksfall** (''e), accident; **die Unglücksstätte** (-n), scene of accident

unheimlich, weird, eerie

die Unke, toad

unkenntlich, unrecognizable

das Unkraut, weed

unmittelbar darauf, directly afterwards

unsichtbar, invisible

unsinnig, nonsensical, absurd, mad

unstet, unsteady, restless, aimless

unter-bringen (brachte unter, untergebracht), put, lodge

unterhalten (unterhält, unterhielt, unterhalten), entertain; **sich unterhalten,** converse

unterhandeln, negotiate, argue

die Unterlassungssünde (-n), sin of omission

unumgänglich, unavoidable

unverkennbar, unmistakable

unvermeidlich, inevitable

unverständlich, unintelligible

unverwandt, steady, fixed

unverwüstlich, untiring, inexhaustible

unwillkürlich, involuntary

unzählbar, countless

unzähmbar, untamable, fierce

der Urheber (-), originator, cause

V

verachten, despise

die Verachtung, contempt, disdain

die **Veränderung** (-en), change
verängstigt, frightened
veranlassen, cause
die **Verbissenheit,** doggedness, determination
verblassen, fade
verblichen, faded; **verbleichen** (verblich, verblichen), fade
verfolgen, pursue
verführerisch, tempting, deceiving
vergebens, in vain
vergeistigt, spiritual(ized)
verglasen, become glassy
das **Vergnügen,** party, celebration; **vergnügt,** in good spirits
die **Vergnügungspraxis,** experience of parties; die **Vergnügungsreise,** pleasure trip
verhallen, die away
verhalten, suppressed, subdued
das **Verhältnis** (-se), relation(ship); die **Verhältnisse** (*pl.*), conditions, circumstances
verjagen, chase
verjubeln, spend on pleasure
sich **verkehren** (in), turn (*or* change) into
verklebt, stuck together, sticky
verkommen, broken, ruined; **verkommen** (verkam, verkommen), fall into decay, go to ruin
verkrüppelt, stunted; der **Krüppel** (-), cripple
der **Verlag** (-e), publishing firm
der **Verlauf,** course
verlischen≡verlöschen (verlosch, verloschen), be extinguished, go out
verlockend, attractive, alluring
vermitteln, provide
vermummen, muffle
vermutlich, presumably
vernehmen (vernahm, vernommen), be aware of, hear
vernehmlich, distinct, clear
verpflichten (aufs Wort), bind, make a person promise
verrecken, perish, fall dead
verrichten, perform, accomplish; **halb verrichtet,** half-finished; die **Verrichtung,** task, duties, performance

sich **verringern,** diminish
verrostet, rusty
verrückt, mad
versinken (versank, versunken), sink, be swallowed up
verschlingen (verschlang, verschlungen), swallow up, engulf; sich **verschlingen,** get entangled (*or* mixed up)
verschlossen, locked; **verschließen** (verschloß, verschlossen), lock
verschlungen, tangled
verschmelzen (verschmilzt, verschmolz, verschmolzen), melt (*or* merge)
verschnörkelt, ornamental
verschwiegen, discreet, under the seal of secrecy; **verschwiegen** (verschwieg, verschwiegen), keep silent (*or* secret)
verschwimmen (verschwamm, verschwommen), fade, become indistinct (*or* blurred)
verschwinden (verschwand, verschwunden), disappear
versichern, assure, maintain
versöhnen, reconcile
die **Versonnenheit,** thoughtfulness, absorption
versorgen, provide, fill
verspätet, delayed, belated
verständig, intelligent
verständlich, intelligible
verständnisvoll, full of meaning, knowing
sich **versteigen** (verstieg sich, sich verstiegen), soar, aspire to
verstohlen, furtive
verstorben, deceased; die **Verstorbene,** the dead woman
verstreichen (verstrich, verstrichen), pass by, slip away
verstummen, die away
verstumpft, dull, apathetic
verübeln (einem etwas), blame (a person for something)
der **Verwandte** (-n), relative
verwaschen, washed out, vague
verwehen, be blown away (*or* dispersed)
verweigern, refuse
verwest, decayed

das **Verwesungslicht,** (phosphorescent) light of decay

verwittert, weather-worn

verwunderlich, strange, amazing

die **Verwunderung,** surprise, amazement

verwundert, surprised

die **Verwünschung,** curse; **verwünscht,** cursed, confounded

verzehren, consume, eat

sich **verziehen** (verzog sich, sich verzogen), withdraw, lift; distort, pucker

der **Verzug,** delay

verzweifelt, despairing

der **Viehbestand,** live-stock

das **Viehfüttern,** feeding the stock

viereckig, four-cornered, rectangular

vollendet, perfect, consummate

vorbei, gone, too late

vorbei-schießen (schoß vorbei, vorbeigeschossen), shoot by

vorbei-toben, rush past

die **Vorbereitung** (-en), preparation; **Vorbereitungen treffen,** make preparations

die **Vorsicht,** caution, care; **vorsichtig,** cautious, careful

vor-sprechen (spricht vor, sprach vor, vorgesprochen) (bei einem), call (at a person's house)

vor-springen (sprang vor, vorgesprungen), jut out, project

sich **vor-stellen,** imagine; die **Vorstellung** (-en), idea, notion

vor-weisen (wies vor, vorgewiesen), produce, exhibit

der **Vorwurf** (··e), reproach

W

wachsam, watchful, alert

die **Wacht,** watch, guard

wahren (=bewahren), preserve keep

währen, continue, last

wahrhaftig, truly

wahr-nehmen (nimmt wahr, nahm wahr, wahrgenommen), become aware of, notice, see

der **Waldboden,** soil of the wood

der **Wald(es)grund,** soil of the wood

wallen (Blut), flow, boil

sich **wälzen,** roll (over)

der **Walzer** (-), waltz

wandeln, wander (in the sense of walk along); cf. **wandern,** wander (in the sense of roam, go far afield)

die **Wasserlache** (-n), pool (of water)

der **Wasserspiegel,** surface of the water

der **Wasserstiefel** (-), waterproof boot

der **Wedel** (-), frond

wehend, blowing, streaming

weihevoll gestimmt, in a solemn mood

der **Weiher** (-), pond, (little) lake

weinerlich, whimpering

die **Weisung,** direction, advice

weiter-schleppen, drag along

das **Weltweh,** worldly woe

sich **wenden** (wandte or wendete sich, sich gewandt or gewendet), turn (round); cf. **sich winden**

wenngleich, although

das **Wesen,** being, character

die **Weste** (-n), English: waistcoat; Canada and U.S.A.: vest

sich **wickeln um,** wind (or wrap) itself round

der **Widerhall,** echo, reverberation; **wider-hallen** (separable verb) (or **widerhallen,** inseparable verb), echo, resound

sich **widersetzen,** oppose

der **Widerspruch** (··e), opposition, objection

der **Widerwillen,** repugnance, aversion; **widerwillig,** unwilling, reluctant

wiederholt, repeated

die **Wiederkehr** (=die Rückkehr), return, recurrence

wiegen (wog, gewogen), weigh; cf. die **Wage,** scales; cf. **wiegen** (wiegte, gewiegt), rock, lull; cf. die **Wiege** (-n), cradle

wimmern, whimper

die **Wimpel** (-n), pennant; **farbigen Wimpeln gleich,** like little coloured flags

die **Wimper** (-n), eyelash

der **Windhauch,** breath of wind (*or* air); cf. der **Abendhauch**

sich **winden** (wand sich, sich gewunden), wriggle, twist; cf. sich **wenden**

der **Wink** (-e), hint

der **Winkel** (-), corner

winken, wave, signal, beckon

winseln, whimper, whine

der **Wipfel** (-), tree-top; cf. der **Gipfel** (-), mountain-top

wirbeln, whirl; **alles wirbelte durcheinander,** they were all twisting and twirling

wirtschaften, keep house

die **Wirtschafterin** (-nen), housekeeper

die **Wirtschaftsangelegenheit** (-en), domestic (*or* housekeeping) matter

der **Witz** (-e), joke; **Witze reißen,** make (*or* crack) (bad) jokes

das **Wochenbett,** childbed

wohlgeborgen, safely stowed away; *from* **bergen** (barg, geborgen), save, recover

die **Wohlfahrt,** welfare

das **Wohlgefallen,** pleasure

das **Wolkengelock,** curling clouds

die **Wohnstube** (-n), living room

sich **wühlen,** wallow, burrow (into)

Z

zahnstocherartig, like toothpicks; der **Zähnstocher** (-), toothpick

das **Zahneklappern,** chattering of the teeth

die **Zanksucht,** quarrelsomeness, nagging

die **Zärtlichkeit,** tenderness

der **Zauber** (-), magic; das **Zaubergetön,** magic sounds (*or* harmony)

zaudern, waver, hesitate

der **Zaun** (··e), fence

das **Zeitmaß,** measure, tempo

zerbersten, burst asunder

zerbrechen (zerbricht, zerbrach, zerbrochen), break to pieces

zerfetzt, torn to pieces, tattered

zerlegen, cut up

zerreißen (zerriß, zerrissen), tear to pieces

zerrinnen (zerrann, zerronnen), dissolve, fade away, vanish

zerschlagen (zerschlägt, zerschlug, zerschlagen), batter

zerschleißen (zerschliß, zerschlissen), slit; **zerschlissene Wolkenschichten,** tattered strips of clouds

zerschmettern, break, crush

zerspringen (zersprang, zersprungen), burst, split

zerstreut, absent-minded, distracted

sich **zerteilen,** divide, disperse

zetern, protest, fume

das **Zeug,** stuff, rubbish

ziegelgepflastert, tiled; der **Ziegel** (-), tile (*or* brick)

das **Zifferblatt,** face (of a clock *or* watch); die **Ziffer,** figure, number

zischen, hiss

zucken, jerk, twitch

zudem, besides, in addition

zudringlich, importunate, troublesome

zu-eignen (+*dat.*), dedicate (to)

zumal da, all the more since, particularly as

zumeist, in most cases

die **Zuneigung,** affection

sich **zu-nicken,** nod to each other

zurück-fahren (fährt zurück, fuhr zurück, zurückgefahren), start back, recoil

zurück-weisen (wies zurück, zurückgewiesen), refuse, reject

zusammen-biegen (bog zusammen, zusammengebogen), cower, be hunched up

zusammen-raffen, summon (*or* gather) up

zusammen-schrumpfen, shrink, dwindle

zusammen-zucken, wince

zu-schreiten (schritt zu, zugeschritten) (*auf*+*acc.*), walk (towards)

die Zuschrift (-en), letter
zuversichtlich, confident, hopeful
zuweilen, at times
zwängen, force, press
der Zwergobstbaum (··e), dwarf
    fruit-tree
das Zwielicht, twilight

die Zwiesprache, conversation,
    dialogue
zwinkern (mit den Augen), wink
der Zwischenraum (··e), interval
zwitschern, twitter
zwölfzöllig, twelve-inch; der Zoll
    ··e), inch